EWCIA
I DRZEWKO
SZCZĘŚCIA

EWA OSTROWSKA

EWCIA
I DRZEWKO SZCZĘŚCIA

Wydawnictwo Skrzat
Kraków 2010

Redakcja: Joanna Skóra
Korekta: Małgorzata Klich
Skład: Wydawnictwo Skrzat
Projekt okładki i ilustracje: Agnieszka Kłos

Księgarnia Wydawnictwo Skrzat
Stanisław Porębski
31-202 Kraków, ul. Prądnicka 77
Tel. (12) 414 28 51
wydawnictwo@skrzat.com.pl

ISBN: 978-83-7437-586-3

Druk i oprawa: Imprima Sp.j.
www.imprima.pl

Odwiedź naszą księgarnię internetową: www.skrzat.com.pl

MUSZELKA
PEŁNA MARZEŃ

Ewciu, chyba dziś nie puszczę cię do babci! – wzdycha ciężko mamusia, popijając poranną kawę. – Wczoraj wróciłyście obie utytłane w śniegu niczym dwa śniegowe bałwany! To cud boski, że się nie przeziębiłaś!

– E tam! – Ewcia wcale nie przejmuje się groźbą. – Puścisz, puścisz… Nie masz gdzie mnie upchać.

– Pójdziesz do Olci i Agulki, mądralo.

– E tam. Nie pójdę. Za nic – oświadcza zdecydowanie Ewcia. – Nawet nie wyobrażasz sobie, mamusiu, jakie z nich wredne małpy!

– Przecież to twoje najlepsze koleżanki! I cóż to za wyrażenie: „małpy"? Kto cię tego nauczył? – denerwuje się na dobre mamusia.

– Małpy

– odpowiada Ewcia.

– Ewciu!

– Mamusiu, nie krzycz. Właśnie one mnie nauczyły.

– Jakie one? Ulituj się, Ewciu, bo niczego nie rozumiem! – podnosi głos mamusia.

– Małpy.

– Przestań wreszcie z tymi małpami!

– Nie mogę przestać, mamusiu. Staram się ci wytłumaczyć, że pierwsze zaczęły te małpy, czyli Agulka z Olcią. Wyzwały mnie właśnie od wrednej małpy. Dlatego moja

noga nie stanie w ich domu. Nigdy. Do końca mego życia. One powiedziały, mamusiu, że ty jesteś coraz bardziej nadmuchana. Jak ropucha.

– A to małpy! – oburza się mamusia. – Ale dlaczego tak uważają?

– Bo wszyscy plotkują, że masz zostać jakimś głupim wiceczymś tam. I ty się z tego powodu nadymasz.

– Wiceburmistrzem – odpowiada mamusia i nagle, o kurczę blade, rzeczywiście się nadyma. – Moja praca w gminie wreszcie została doceniona. Od dawna należy mi się to stanowisko.

Ojej! Co z tą mamusią? Zadarła głowę, przybrała taki dziwny wyraz twarzy, wygląda teraz tak, jakby w buzi trzymała wielką kluchę, którą zaraz zacznie się dławić...

Ewcia za nic nie życzy sobie mieć nadętej mamusi. I tak ma z nią mnóstwo kłopotów. Na przykład mamusia ostatnio nie może dogadać się z babcią. Wczoraj to w ogóle nic jej nie pasowało. Zezłościła się na babcię zupełnie bez powodu.

– Mamo! Dlaczego Ewcia jest cała w śniegu? Co wy tam wspólnie z ojcem wyprawiacie? Zamiast uczyć Ewcię dobrych manier, wygłupiacie się, zapominając, że jesteście starzy i wam po prostu już nie wypada się wygłupiać.

– Madziu, wcale nie jesteśmy za starzy na wygłupianie – odpowiedziała, nie tracąc dobrego humoru, babcia. – Jesteśmy w sam raz.

– Macie prawie po sześćdziesiąt lat – powiedziała mamusia i, co gorsza, tupnęła nogą. – Cała wieś się z was śmieje!

– Śmiech to zdrowie, córciu. Szkoda, że o tym zapomniałaś.

– Na szczęście dorosłam, mamo. I martwię się o swoją córkę! Jest zima, mróz, śnieg, Ewcia taka wątła, skłonna do przeziębień…

– E tam – roześmiała się babcia. – Od nadejścia zimy nie miała nawet kataru. Bieganie na świeżym powietrzu jej służy.

– Nie służy! Zabraniam puszczać ją na dwór!

– Chociaż mam prawie sześćdziesiąt lat, jeszcze jakoś nie ogłuchłam. Od czasu, kiedy krążą plotki, że szykują dla ciebie w gminie gabinet z sekretarką, zrobiłaś się okropnie nerwowa. Wiesz co? Szkoda, że zapomniałaś, jak kiedyś, gdy byłaś mała, potrafiłaś się z nami wygłupiać…

– Nigdy się nie wygłupiałam! Nigdy!

– A i owszem – zachichotała niezrażona babcia. – Na przykład zamiast na sankach zjeżdżałaś z naszej górki na desce do prasowania.

Ewcia spojrzała na mamusię i z podziwem, i z niedowierzaniem. Kurczę blade! Moja mamusia na desce od prasowania! Ale musiała się cudownie przewracać! Chciałabym to zobaczyć!

— Ewciu! Dlaczego tak nagle i tak głupio pękasz ze śmiechu? — oburzyła się mamusia.

– Ojej, bo mi, hi, hi, hi, wesoło. Nie sądziłam, że byłaś aż tak fajowa!

– Fajowa? A cóż to znowu za wyrażenie? – oburzenie mamusi przybrało na sile.

Oj, niedobrze, niedobrze! Oburzona mamusia potrafi być nieprzewidywalna... Zabroni na przykład wieczorem oglądać dobranockę w telewizji...

– Zastanowię się, mamo, czy jutro pozwolę ci zabrać Ewcię po waszych dzisiejszych wybrykach – oznajmiła mamusia. – Aha, i następnym razem, proszę, nie wchodź mi w zaśnieżonych buciorach do salonu. Tu jest prawdziwy parkiet, a nie zwykłe drewniane deski jak w waszej chałupie.

– Dobrze, Madziu. Od jutra będę zostawiała buciory na wycieraczce przed drzwiami wejściowymi – zachichotała babcia i dodała: – A owe „buciory" kupiłaś mi osobiście. Na gwiazdkę. Nazywałaś je wtedy eleganckimi kozakami!

– Jak dobrze mieć taką babcię, która nawet za złośliwe uwagi mamusi, przezywającą piękny, drewniany domek dziadków chałupą, nie obraża się wcale i jeszcze z nich się śmieje – rozmyśla Ewcia, wspominając wczorajszą awanturę i przyglądając się coraz bardziej nadętej mamusi.

– Walnąć cię w plecy, mamusiu? – pyta Ewcia, która pomyślała o tym, że gdyby walnęła z całej siły, to te kluchy może by wypadły i mamusia zrobiłaby się normalna?

– Zwariowałaś? – mamusia odsuwa z irytacją filiżankę. – Z tymi dziewczynkami więcej nie pozwolę ci się bawić. Wyjątkowo źle wychowane panny, wprost niesłychane!

O, jest babcia! Mamo, na litość boską! Jak ty wyglądasz?

Bo babcia zamiast swojej zwykłej włócz-kowej czapeczki ma na głowie kapelusz, za-miast ortalionowej kurtki stare futerko, a na nogach, o kurczę blade, letnie pantofle na wysokich obcasach.

— Staram się godnie cię reprezentować, cór-ko – z całą powagą oznajmia babcia. – Zawsze twierdziłaś, że elegancka kobieta powinna nosić kapelusz oraz pantofelki na wysokich obcasach. A co? Nie podobam się?

– Mamo! Porozmawiamy później. Nie przy Ewci.

– Jak sobie życzysz. Ewciu, daj mamusi buziaka i spadamy! Oj, Madziu, Madziu! Nawet nie masz pojęcia, jak mi ciebie szkoda...

– Lepiej rzeczywiście niech mama już idzie!

– Wierzę, że przyjdzie taki czas, że znów będziesz zjeżdżała z naszej górki na desce do prasowania – babcia uśmiecha się, chociaż z wyraźnym smutkiem.

Ewci też robi się smutno. Kocha mamusię, bardzo, bardzo. Nawet taką z kluskami w buzi. Ale babcię i dziadka również kocha.

A mamusi zdarza się tak jakoś brzydko wszystkich, łącznie z tatusiem, traktować.

– Babciu, może mamusia jest chora? – pyta Ewcia, zapinając pas w babcinym brumciku.

Dziadków nie stać na porządny samochód. Jeżdżą od lat maluchem, który często się psuje. Raz nawet Ewcia zapytała rodziców, czy nie kupiliby na babcine imieniny trochę lepszego brumcika. Mamusia jednak powiedziała, że ten jest dla babci wystarczająco dobry.

– Chora? Nie, nie jest chora, skarbie – babcia prowadzi brumcika bardzo ostrożnie. Szosa w słońcu lśni lodem. – Po prostu na razie zapomniała o wielu ważnych rzeczach.

– Takich jak zjeżdżanie z górki na desce od prasowania?

– Właśnie!

– I o czym jeszcze, babciu?

– O tym, że przykładała do uszka muszelkę i słyszała szum morza, krzyk mew i chlupot kolorowych rybek...

– Naprawdę słyszała?

– Naprawdę, Ewciu.

– A co z tą muszelką? Też bym chciała posłuchać...

– Nigdy takiej muszelki mamusia nie miała, Ewciu.

– Jak to?

– Po prostu wyobrażała sobie, że ją ma. Czasem muszelką był kamyczek, czasem pudełeczko po czymś tam, a czasem zerwany kwiatek.

– Szkoda, że nie byłam nad morzem – wzdycha Ewcia.

– Mamusia też nigdy nie była nad morzem.

– Kurczę blade, babciu! To skąd wiedziała, jak ono szumi, jak krzyczą mewy i jak chlupocą kolorowe rybki? I dlaczego kolorowe?

– Bo mamusia oglądała obrazki, na których było morze…

– Aha, rozumiem. I mewy na tych obrazkach, i rybki… Ojej, chyba się rozbeczę…

– E tam, nie becz. Na pewno pojedziesz nad morze, Ewciu.

– Babciu! Nie chodzi mi o morze! Chodzi o tamtą mamusię! Gdzie ona się podziała? – popłakuje Ewcia.

– Ona nigdzie się nie podziała, chociaż tak może się nam wydawać – babcia ociera łzy z policzków Ewci. – Ona sobie na razie poszła i zabłądziła.

– Myślisz, babciu, że odbłądzi?

– No pewno! – wykrzykuje babcia i trąbi głośno, bo akurat wjeżdża na podwórko, na którym czeka już uśmiechnięty dziadek.

– A cóż to, Ewciu, płakałaś? Ty? – dopytuje zdumiony dziadek. – Ej, uśmiechnij się! Ej, zobacz jak śnieg skrzy się w słoneczku! Ej, wymyśliłem, czym będziemy dziś zjeżdżać z górki!

– Nie chce mi się dziś bawić, dziadku.
Ani nic...

– Ej, spójrz tam... Stoi koło garażu. Wielka, wspaniała, stara wanna! Wiesz, ile twój
stary dziadek się namordował, żeby ją wy-
targać z komórki? A wyobrażasz sobie, jak
będzie zasuwać z górki?

– Może później, dziadku...

– Zostaw Ewcię w spokoju – odzywa się
babcia i znacząco chrząka. – I daj jej śniadanie... Bo ja muszę natychmiast jechać! Za-
pomniałam coś bardzo ważnego załatwić.
Zaraz wracam!

Brumcik babci wykonuje kilka zygzaków po zaśnieżonym podwórzu, jakby zamiast kół miał łyżwy. Omal nie zderza się z bramą, po czym wypada na szosę.

– Ewciu! Twoja babcia nawet nie przebrała letnich pantofli i nie ściągnęła kapelusza! Ludzie pękną ze śmiechu.

– Mamusia wcale nie pękła – mówi Ewcia ze smutkiem. – Okropnie się na babcię zezłościła.

– Ach, więc dlatego ci smutno? Nie martw się, wnusiu. Nie trzeba.

Dziadek bierze Ewcię na ręce i niesie do domu. W kuchni pod płytą wesoło strzela ogień. Jest ciepło, miło. I tak jednocześnie smutno. I tak jednocześnie spokojnie w dobrych ramionach dziadka.

– Wiesz, Ewciu, twoja mamusia już była dużą dziewczynką, a ciągle chciała, żebym ją nosił i nosił – opowiada dziadek. Wzdycha tak, jakby i jemu zrobiło się smutno. – Tatusiu, prosiła, kołysz mnie, kołysz...

– Kołysz mnie, kołysz, dziadku – szepcze Ewcia, powstrzymując nieposłuszne łezki. Tak bardzo kocha dziadka. Nie chce, żeby i jemu było smutno. Oj kurczę blade, coś za dużo smutków jak na jeden krótki poranek...

Babcia wpada do kuchni jak burza. W jednym pantoflu i kapeluszu na bakier.

– O matko – mówi dziadek, stawia Ewcię na podłodze i... pęka ze śmiechu.

– O kurczę, babciu – mówi Ewcia i też pęka ze śmiechu.

– Nie śmiać mi się tu ze starej babki! – krzyczy babcia. – Siadać! Powaga! Powaga ma być! – babcia ściąga kapelusz i zrzuca z nogi wraz z bryłą śniegu letni pantofelek. – Nadal śmiechy? Ze mnie? Ewciu, w takim razie nie pokażę ci pewnej niezwykle ważnej, szumiącej jak morze niespodzianki!

– Coś ty znowu wymyśliła, moja ty kochana staruszko? – zaciekawia się dziadek.

– Tylko nie staruszko! Ha! Nawet nie macie pojęcia, jak wszyscy się za mną w Kowalewie oglądali! Wzbudzałam ogólne zainteresowanie!

I jak tu dalej nie pękać ze śmiechu?

Kiedy już wszyscy, na czele z babcią, trzymając się za brzuchy, pospadali z krzeseł od tego śmiechu, to okazało się, że kapelusz babci, po którym tarzała się Ewcia, upodobnił się do naleśnika, no i znowu zrobiło się wesoło! Oj kurczę blade, jak dobrze, że wesoło!

– Ewciu – babcia nagle spoważniała i wyjęła z torebki pudełeczko. – Otwórz.

W pudełeczku leżała na srebrnym papierku, zakręcona niczym w rożek delikatna, różowa muszla.

I Ewcia usłyszała w niej szum morza, i krzyki białych mew. Zobaczyła różnokolorowe, prześliczne rybki, pluskające w wodzie. I jeszcze zobaczyła swoją mamusię.

Mamusię, która zanim zabłądziła, wcześniej każdego wieczoru siadała przy łóżeczku

Ewci, poprawiała kołderkę i na dobranoc nuciła piosenkę.

Piosenkę bez słów. Piosenkę, w której słowa nie były potrzebne, ponieważ ta piosenka mamusi mówiła o tym, że zaraz niebo roziskrzy się tysiącami gwiazdek, księżyc stanie się srebrną łódeczką i one, mamusia z Ewcią, popłyną nią razem do swoich snów.

– Babciu?

– Tak, kochanie. Popłyniesz – odpowiada z uśmiechem babcia, jakby umiała czytać w myślach.

Lecz kto wie? Może umie?

DRZEWKO
PEŁNE SZCZĘŚCIA

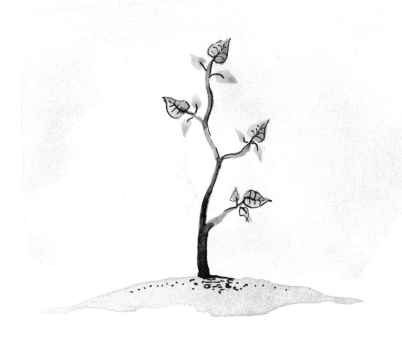

Radzę ci jechać przez naszą wspaniałą rajdową drogę – mówi dziadek, ładując do brumcika pudło z wielkim plackiem drożdżowym, który babcia upiekła dla mamusi i tatusia. – Od kiedy urwałaś tłumik, nasz brumcik ryczy niczym samolot odrzutowy. Natkniesz się na policję i mandat murowany.

– Po pierwsze, nie urwałam, lecz sam odpadł! – oburza się babcia. – Po drugie, jeszcze nigdy nie widziałam policji na szosie między naszą wsią a Kowalewem. Po trzecie, po ostatniej ulewie ta droga jest nieprzejezdna! A po czwarte, my z Ewcią nie jedziemy dziś żadnym brumcikiem, lecz lecimy odrzutowcem! Najpierw zajrzymy do Australii poskakać razem z kangurami, a dopiero potem wylądujemy u Madzi.

– Tam daleko, za morzami,
za górami, za lasami,
z wesołymi kangurkami,
poćwiczymy różne skoki.
Te do przodu i na boki!
Przeskoczymy trzy pagórki,
jeden domek, ze dwie chmurki.
Rekord świata pobijemy,
medal z babcią dostaniemy...
– recytuje Ewcia.

– I co dalej? – pyta dziadek.

– Jeszcze nie wymyśliłam, dziadku. Ale wymyślę.

– Wymyślimy – poprawia Ewcię babcia.

– Nie wątpię – pomrukuje niby gniewnie dziadek i dopycha drzwi brumcika, bo wyglądają, jakby zamierzały się lada moment urwać. Wszystko w nieszczęsnym brumciku jest zardzewiałe, aż cud po prostu, że on jednak wciąż jeździ.

– Trzymaj się i zapnij pasy, Ewciu, włączam automatycznego pilota! I pod niebo! – woła babcia, a brumcikiem zarzuca na mokrej jezdni.

– Babciu! Widzę ogień! Jeden z silników się pali!

– To nie ogień! To dymiące spaliny z brumcika!

– Ale coś za nami strasznie wyje, babciu!

– O kurczę blade… – szepcze ze zgrozą babcia, zjeżdża na pobocze i zatrzymuje się w czarnosinej chmurze dymu.

Gorzej niż kurczę blade! Bo to policyjny samochód tak wyje. Właśnie parkuje przed brumcikiem.

Pan policjant ma srogi wyraz twarzy. Oj, niedobrze! Po prostu straszna wpadka! Oj, dziadek w złą godzinę wspomniał o policji!

– Dokumenty proszę!

I głos równie srogi.

Babcia próbuje się uśmiechnąć.

– Nie przekroczyłam nawet pięćdziesiątki, wielce szanowny panie komisarzu... Mam prawo jazdy od trzydziestu lat i ani jednej stłuczki...Wiozę wnuczkę... Może zatrzyma mnie pan w drodze powrotnej? Daję słowo honoru, że nie ucieknę. My jesteśmy po prostu na safari.

– Na czym? – zdumiewa się pan policjant i przygląda się babci, jakby nagle na jej twarzy zamiast jednego nosa pojawiły się conajmniej dwa i to straszliwie długie.

– I tak pan nie zrozumie – wzdycha ciężko babcia.

– Zapewne – zgadza się ochoczo pan policjant. – Wątpię, aby panią ktokolwiek zrozumiał. Nikt przy zdrowych zmysłach nie

wsiadłby do takiego grata. Prawo jazdy od trzydziestu lat, tak? A ile wnuczka ma lat? Dlaczego nie w foteliku? Pierwszy mandat za niezgodne z przepisami przewożenie dziecka, czyli sto pięćdziesiąt złotych...

– O matko! – wyrywa się babci.

– Za jazdę bez tłumika mandat sto złotych – w głosie pana policjanta pojawia się wyraźna nutka zadowolenia.

– Pan nie ma serca – jęczy babcia. Jest naprawdę przerażona. Ojej, babciu, trzeba natychmiast coś wykombinować!

– Pan mnie puści z torbami – dodaje boleśnie babcia. – A tłumik, przysięgam, kupię!

– Natomiast za łyse opony kolejne dwieście złotych!

Kurczę blade, to jakiś potwór a nie pan policjant! Babcia zaraz się rozpłacze!

– I dowód rejestracyjny zatrzymuję.

– O nie! Tego mi pan nie zrobi! – załamuje ręce babcia.

– Otóż zrobię, łaskawa pani.

– Nie wierzę. Nie skrzywdzi pan starej kobiety. Panu tak dobrze z oczu patrzy!

– Mnie? – zdumiewa się pan policjant.

– A panu, panu! – potwierdza ochoczo babcia. – I założę się, że ubóstwia pan placek drożdżowy z rodzynkami.

– Skąd pani wie? – zdumiewa się jeszcze bardziej pan policjant.

– Założę się również, że wydłubuje pan rodzynki palcami z gorącego ciasta, za co dostaje pan burę od żony! Ewciu! Otwórz pudło z plackiem. Rodzynków tam, a rodzynków!

Pan policjant musi być łakomczuchem, ponieważ Ewcia widzi, jak przełyka ślinkę. Pospiesznie wykonuje chytre polecenie babci. Kurczę blade! Jeżeli pana policjanta nie powali widok tak wspaniale wyrośniętego placka pachnącego wanilią, to znaczy, że jest prawdziwie nieczułym potworem. A gdyby tak zachęcić jeszcze pana policjanta wierszykiem?

– Proszę pana, proszę pana!
Babcia piekła go od rana!
Znaczy placek, a nie pana!
Zamiast cukrem miodem słodzi,
żeby w brzuszku było słodziej.
Rodzynkami posypuje
i migdałków nie żałuje!
Niech pan pychy tej skosztuje
i nad babcią się zlituje!

– Ty mówisz do rymu! W życiu tak niesamowitej dziewczynki nie spotkałem! – woła pan policjant, wybuchając śmiechem. Przestaje być srogi. No i wciąż przełyka ślinkę.

– Babcia też jest NIESAMOWITA. Wystarczy spojrzeć na jej ciasto – oświadcza Ewcia. – Tak wyrośniętego również pan nie widział!

– Nie widziałem! – przyznaje pan policjant.

– To robimy wymianę? – Ewcia uśmiecha się podstępnie. – Placek dla pana, a ten ważny dowód na coś tam wraca do babci.

– Nie mogę. Jestem na służbie, dziewczynko.

– Kurczę blade, a od czego jest udawanie?

– Udawanie?

– Po prostu pan uda, że nie jest na służbie!

Pan policjant spogląda to na placek, to na Ewcię.

– A potem wróci pan do swego policyjnego brumcika i będzie wydłubywał sobie rodzynek po rodzynku, mniam, mniam, pycha – kusi Ewcia.

– Dowód oddałbym, lecz mandaty już wypisałem… – mówi pan policjant, patrząc z żalem na placek. – Niestety, dziewczynko, nie mogę udać, że ich nie wypisałem… Trzeba zapłacić… Ale można ratami…

– Proszę pana… – zaczyna Ewcia, lecz babcia przerywa jej gwałtownie:

– Zapłacę! Dawaj pan mój dowód, zabieraj placek, jak wymiana to wymiana! Ukłony dla żony! Dla teściów też! A tu mój numer telefonu! Kiedy tylko przyjdzie panu ochota na drożdżowiec z rodzynkami bez zakalca, dzwoń pan! Upiekę! Z potrójną porcją rodzynków!

I tak go zostawiły, tego pana policjanta, przyciskającego do munduru pudło z ciastem. Babcia dała gaz do dechy. Byle dalej od policyjnego wozu!

– Kurczę blade, babciu – odzywa się z wyrzutem Ewcia. – Jeszcze chwila, a i mandaty by ci darował.

– Ewciu, mandaty to pestka, najważniejszy był dowód rejestracyjny!

– Pestka, babciu? To masz aż tyle pieniążków?

– Nie mam! Nawet na nowy tłumik ani na opony nie mam!

– Poproszę mamusię, żeby ci pożyczyła.

– Ani mi się waż!

– To tatusia…

– Ani się waż! Jakoś sobie z dziadkiem poradzimy, skarbie – pociesza babcia, lecz Ewci nie nabierze. Babcia nigdy nie skarży się ani nie narzeka, że brakuje jej pieniążków. Zawsze na śniadanko jest kakao, na obiadek pyszny kurczaczek albo zraziki, no i te ciasta dla mamusi co trochę. A tu takie zmartwienie!

Ewcia, żegnając się z babcią, widzi w jej niebieskich oczach smutek.

– Oj babciu, kochana babciu, nie martw się, ja coś wykombinuję… – postanawia Ewcia. – Ale co?

Ewcia snuje się z kąta w kąt. Musi babci pomóc, musi.

– O kurczę blade, chyba wiem…

I nagle Ewcia przypomina sobie dziadka, który każdego roku, wczesną wiosną, na świeżo skopanych grządkach wysiewa różne warzywa. W małych torebeczkach ma malusieńkie ziarenka i wrzuca je w ziemię. A z tych nieprawdopodobnie malusieńkich ziarenek wyrastają później wielkie cebule, marchewki, pietruszki, pomidory. Dziadek powiedział, że wszystko rozmnaża się z ziarenek.

– Nawet lasy? – zapytała wtedy Ewcia.

– Każde drzewo, każdy kwiatek, każdy krzaczek, Ewciu.

– Ojej, dziadku, to jakieś czary!

– No – potwierdził dziadek. – Najprawdziwsze czary.

– A ty jesteś czarodziejem!

– Ty też możesz nim zostać. Masz tu ziarenko balsaminki, ulubionego kwiatka babci. Przykryj je ziemią. Potem dbaj o nie, podlewaj, wyrywaj wokół wyrastającej roślinki chwasty, a ona ci wyrośnie i pięknie zakwitnie.

No i balsaminka wyrosła, obsypała się różowymi pączkami!

Więc trzeba po prostu wsadzić do ziemi swoje złote grosiki! A one urosną w drzewka, a na każdej jednej gałązce zamiast listków będą wisiały pieniążki! Mnóstwo pieniążków! Ojej, jakie wielkie mnóstwo! Babcia wstaje, a tu pod oknem jej pokoju drzewka obsypane pieniążkami!

– Ojej! Chyba cud? Jakiś czarodziej posadził pieniążkowe drzewka! – wykrzyknie babcia. – Koniec moich zmartwień! Starczy mi na zapłacenie mandatów! Na nowy tłumik i opony! Ojej, może nawet starczy na kupno zupełnie nowego brumcika!

Ewcia nie ma pojęcia, ile złotych grosików mieści się w dwóch pękatych świnkach skarbonkach. Nawet nie pamięta, od kiedy te grosiki do jej skarbonek wrzucają mamusia, tatuś i dziadkowie. W każdym razie obie skarbonki są bardzo ciężkie. Ewcia otwiera świnkom brzuszki. Na stół wysypują się złote grosiki.

– O kurczę blade – szepcze zachwycona Ewcia. – Babciu, na pewno kupisz brumcika ładniejszego od tego, jakim jeździ mamusia! I Ewcia zanurza rączki w tych swoich zbieranych od nie wiadomo jak dawna grosikach. Jest taka szczęśliwa! Widzi tańczącą z radości babcię! Dziadka skaczącego wysoko niczym kangur!

– Moje kochane pieniążkowe ziarenka – mówi Ewcia – wiem, że mnie słyszycie. Okropnie kocham babcię i dziadka. Bardzo okropnie. Najokropniej jak można. Proszę was, urośnijcie szybko. Przyszła wiosna. Pada ciepły deszczyk. Wszystko, co z ziarenek, już kiełkuje. Rwie się do życia, jak mówi dziadek. Trawki, kwiatki i w ogóle wszystko, więc błagam was, też się rwijcie!

Następnego dnia Ewcia prędziutko biegnie na podwórko pod okno pokoju babci. Ojej, dobry znak: ziemia tu pulchna, łatwo się rozgarnia paluszkami i rach-ciach w równym rowku złocą się grosiki, i już przykryte ziemią, skropione wiosennym deszczykiem oraz łezkami Ewci. Oj, a teraz stąd uciekać szybko, szybko, żeby babcia z dziadkiem niczego nie wypatrzyli.

Najgorsze okazuje się czekanie. Ewcia nie potrafi oprzeć się pokusie, żeby nie oglądać swojej pieniążkowej grządki. Ciągle do niej biega z bijącym sercem, że na pewno grosiki już zaczynają kiełkować!

Ale mija dzień. I następny. I jeszcze jeden.

I nic. Nawet żaden chwaścik się nie pokazuje.

– Ewciu, ty płaczesz? – pyta zatroskana babcia.

– Ja? Skądże! – odpowiada Ewcia, z całej siły powstrzymując łzy. Jeszcze by tego brakowało, żeby babcia o nią się martwiła. Wystarczy babci zamartwianie się, skąd wytrząśnie pożyczkę. Bo Ewcia niechcący podsłuchała rozmowę babci z dziadkiem.

– Byłam w banku, ale nie chcą dać nam pożyczki. I co teraz zrobimy? Za każdym razem, jadąc po Ewcię, umieram ze strachu, że mi zabiorą dowód rejestracyjny – mówiła babcia, popłakując.

– Sprzedamy Nowakowi naszą łączkę z górką – odpowiedział dziadek.

– Nigdy! Po moim trupie! A skąd będziemy z Ewcią zjeżdżać na sankach? Albo się turlać! O łączce to nawet nie wspominaj! Ewcia kocha tę łączkę! Od wiosny do jesieni bawimy się głównie na łączce. Wijemy wianki. Udajemy rusałki. I w ogóle! – babci załamał się głos.

Babcia zamartwia się przez te mandaty, dotąd niezapłacone! Dziadek chce sprzedawać łączkę… A tu grosiki nie chcą rosnąć!

– Ewciu, a co ty tak ciągle biegasz do okna? – dopytuje babcia.

– Oj, babciu, tak sobie biegam…

– Oj, Ewciu, coś kręcisz… Biegasz, a potem jesteś smutna… Martwisz mnie, skarbie. Chodź, polecimy na łączkę, będziemy zbierać kwiaty…

– Nie chce mi się, babciu…

– To zrobimy czary-mary… Lubisz przecież bawić się w czarodziejki, Ewciu.

– Już nie lubię! Nie ma czarów!

– Ależ są, Ewciu! Dziadek właśnie czaruje ziarenka, z których wyrośnie wielka, chrupiąca kalarepka!

– Dopiero latem! A ja nie mogę czekać tak długo!

– Na co czekać, Ewciu?

– Na nic takiego, babciu.

– Aha – babcia przygląda się Ewci uważnie. – Jednak ja na twoim miejscu nadal wierzyłabym w czarodziejską moc ziarenek, z których wyrastają nie tylko kalarepki.

Tego dnia, odwożąc Ewcię, przemykając po Kowalewie bocznymi uliczkami, babcia oznajmiła, że jutro przyjedzie dopiero o dziesiątej. Już to uzgodniła z mamusią.

– Wszystko mi jedno – burczy Ewcia. Nie żegna się z babcią. Ucieka do domu. Tam natychmiast zamyka się w łazience, w jedynym miejscu, w którym może się spokojnie wypłakać. Grosiki nie są ziarenkami. Są tylko zwykłymi grosikami. Nigdy z nich nic

nie wyrośnie. Nawet wstrętna, parząca po-
krzywa! Nic! Ale ich wykopywać nie będzie!
Niech tam sobie nawet zgniją! A skarbonki
wyrzuci do kubła ze śmieciami! I nigdy więcej nie będzie się bawić w czarodziejkę!

Babcia przyjeżdża po Ewcię z wielce tajemniczą miną.

– Pewno znowu coś wymyśliła, żeby mnie rozbawić – złości się w myślach Ewcia. – Chyba mamusia ma rację, nazywając nasze zabawy dziwacznymi.

Dziadek ma równie tajemniczą minę.

– Pokażemy Ewci od razu, czy dopiero po śniadanku? – pyta babcię.

– E tam, chyba wcale nie pokażemy – odpowiada babcia. – Ewcia przecież nie wierzy już w czarodziejską moc ziarenek.

– E tam, sama zobaczy! Przecież od tygodnia nic innego nie robi, tylko wciąż biega do okna, więc zaraz tam pobiegnie – mówi dziadek, a serduszko Ewci zaczyna pospiesznie walić. Nie, niemożliwe! Nic nie wyrosło! Nie mogło wyrosnąć! Jeszcze wczoraj nie było ani ździebełka!

A JEŚLI UROSŁO?

E, nie urosło!

A JEŚLI?

Ewcia biegnie do okna. Staje jak wryta.

– Ojej – mówi tylko.

Bo oto widzi: drzewko jest niewielkie. Takie młodziutkie, jasnozieloniutkie, jakby przywędrowało prosto z pobliskiego lasku zza łączki. Z każdej gałązki zwisają złote, tak bardzo złote, że aż świecące grosiki. JEJ grosiki! W każdym grosiku jest zrobiona malutka dziurka, przez nią przewleczona srebrna niteczka i te grosiki, te grosiki się kołyszą, migoczą i dzwonią niczym małe dzwoneczki przy każdym powiewie wiaterku... Nie, nie dzwonią! One śpiewają! Śpiewają o tym, że są czary! Ale te czary są w dziadku i babci! Ile babcia musiała się napracować, żeby odczyścić grosiki z ziemi, żeby stały się NAPRAWDĘ szczerozłote! Ile dziadek musiał nawiercić w nich dziurek po to, aby mogły sobie na gałązkach wisieć i migotać w słoneczku, i kołysać się, i...

– Ojej – szepcze Ewcia. Łezki znowu spływają na bródkę, ale są to łezki szczęścia.

– A widzisz – odzywa się babcia i również ociera łzy.

– Odtąd tu będzie rosło ZAWSZE – mówi dziadek stłumionym dziwnie głosem. – ZAWSZE, Ewciu. Nasze wspólne drzewko pełne szczęścia.

– Zawsze. Zawsze. Zawsze – pobrzękują złote grosiki.

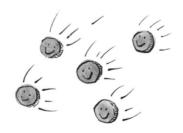

TO JA POCZEKAM

E wciu! Co ty wyprawiasz? – mamusia niespodziewanie unosi głowę znad gazety.

– Po prostu pluję – oświadcza zgodnie z prawdą Ewcia.

– To zdążyłam zauważyć! Ugotowałam ci na śniadanko pyszną i pożywną kaszkę! Zaraz zawołam tatusia i zastanowimy się oboje, w jaki sposób cię ukarać za twój nowy wybryk! – Ewcia spostrzega, że ładny nosek mamusi czerwienieje ze złości.

– Dobrze. Zawołaj – Ewcia ze spokojem wypluwa na brzeg talerza kolejną grudę kaszki. – Nie chcę jeść przypalonej kaszki, mamusiu.

– Nigdy nie przypalam kaszki – mówi poirytowana mamusia i ciska gazetę. Już nie tylko nos ma czerwony, lecz i jej policzki przypominają buraczki. Bo to mamusia się uparła, że nie puści Ewci do dziadków bez pożywnego śniadania. Postawiła mleczko z kaszką na gaz i poszła do spiżarki po konfitury. No i kaszka przypaliła się, lecz mamusia udawała, że nic się nie stało. Kazała jeść. A garnek natychmiast wyrzuciła do wiadra ze śmieciami. Potem zabrała się za czytanie gazety.

A wszystko przez to, że kilka dni wcześniej babcia odwiozła do domu Ewcię z bolącym brzuszkiem. Mamusia bardzo się zdenerwowała.

– Pozwalacie razem z ojcem objadać się Ewci frytkami i tłustym mięsem – oburzała się. Na razie MUSZĘ posyłać do was Ewcię, jednak odtąd przynajmniej śniadanie moja córka będzie jadła odpowiednie! Sama jej ugotuję!

– Przecież potrafisz jedynie ugotować wodę na herbatę – powiedziała babcia. – Kilka razy w tygodniu przywożę wam wałówy, zupy w garach, mięsko pieczone, kotlety, surówki, nawet

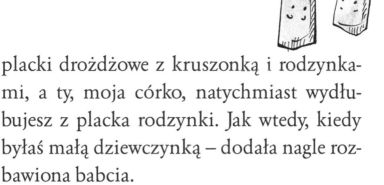

placki drożdżowe z kruszonką i rodzynkami, a ty, moja córko, natychmiast wydłubujesz z placka rodzynki. Jak wtedy, kiedy byłaś małą dziewczynką – dodała nagle rozbawiona babcia.

– Ja? Wydłubuję? Palcem? Ja nigdy niczego nie wydłubywałam palcem!

– A z sernika migdałki – zachichotała babcia. – A śmietanowy krem z kruchych babeczek zamiast łyżeczką wylizujesz językiem…

– Nie zamierzam tego dłużej słuchać – oświadczyła mamusia i oburzona wyszła z pokoju.

Oj, ta mamusia! Oczywiście, że wydłubuje i wylizuje! Kurczę blade, wtedy jest super fajną mamusią! Taką, z którą chyba można byłoby się bawić we wszystko, tak jak z babcią czy z dziadkiem. Wcześniej było można, ale od czasu, gdy mamusia zrobiła się okropnie ważną panią wiceburmistrz, każdą propozycję wspólnej zabawy odrzuca. Krzywi nos i mówi: „Nie zawracaj mi głowy, Ewciu. Twoje zabawy są zbyt dziecinne Lepiej ucz się czytać i pisać. Albo układaj puzzle. Zajmij się czymś mądrym...". Mamusia najwyraźniej coraz mniej zna się na pięcioletnich dziewczynkach. Szkoda, ojej, kurczę blade, wielka szkoda.

– Na szczęście babcia codziennie przyjeżdża po mnie swoim brumcikiem – rozmyśla Ewcia, przyglądając się złoszczącemu się na czerwono nosowi mamusi. – Bez babci i dziadka zwariowałabym chyba...

– Wołałaś mnie, kochanie? – do kuchni wchodzi tatuś. – Ewcia znowu coś nabroiła?

– Tylko spójrz: opluła kaszką brzeg talerza i stół. Zastanawiam się, jak powinniśmy ją ukarać?

– No tak... ukarać... – odpowiada niezbyt pewnie tatuś. – Ewciu! Obiecaj nam, że nigdy więcej nie będziesz pluła!

– Ale ta kaszka jest przypalona! – woła Ewcia. – Chcę jak dawniej jeść pyszne śniadanka u babci! Kanapeczki z szyneczką albo z dżemikiem!

– Sam słyszysz! Ona tylko babcia i babcia – rozżala się mamusia.

– Mamusiu! To nie tak! – protestuje Ewcia.

– A jak?

– Ojej, kurczę blade…

– Nie mów „kurczę blade"! Co to za wyrażenie?

– No właśnie – stwierdza Ewcia, zdecydowanie odsuwając talerz.

– Co „właśnie"? Co? Wiesz doskonale, że zabraniam ci mówić „kurczę blade"!

– No właśnie… Pamiętam, że sama kiedyś wołałaś: „o kurczę blade"!

– Ja? Nigdy nie odzywałam się w tak brzydki sposób! – zaprzecza z oburzeniem mamusia.

– Nie denerwuj się, kochanie – wtrąca tatuś i puszcza do Ewci „perskie oczko", a to oznacza, żeby Ewcia przestała sprzeciwiać się mamusi. Od kiedy mamusia została panią wiceburmistrz, jakby zapomniał jej imienia i zwraca się do niej wyłącznie „kochanie". Szkoda. Bo mamusia ma na imię Madzia i Ewci imię mamusi zawsze przypominało białoróżową, pachnącą stokrotkę… Mamusia zanim stała się niezwykle ważną panią wice, była niczym stokrotka, taka śliczna, wesoła, radosna. A obecnie jest nadęta, bez uśmiechu i jakby nagle wszystkich, na czele z babcią i dziadkiem, przestała lubić. Babcia mówi, że mamusi to przejdzie. Oj, żeby przeszło! Jak najszybciej przeszło!

– Kochanie, bo spóźnisz się do pracy – dyplomatycznie odzywa się tatuś. – Przypilnuję Ewcię, żeby zjadła kaszkę do ostatniej łyżki. No i zaraz przyjedzie po Ewcię babcia.

– Masz jej przekazać, że nie pozwalam Ewci wychodzić dziś na dwór. Jest za zimno.

– Dobrze, kochanie – zgadza się potulnie tatuś. – Rzeczywiście, jest dość chłodno jak na koniec maja.

Mamusia zakłada kapelusz, chociaż nigdy dotąd kapeluszy nie nosiła, więc zawsze było widać jej włosy: jasne, gęste, pokręcone w figlarne loczki, które teraz sczesuje na gładko i wygląda okropnie srogo. A w kapeluszu wygląda jeszcze bardziej okropnie srogo. I obco. Taka jakaś nowa, inna mamusia. I jeszcze na dodatek robi takie różne, niby ważne miny. Oj, mamusiu! Kurczę blade! Przestań! Bo przypominasz nadymającą się żabę!

– Ewciu, zjedz śniadanie – i z tymi słowami mamusia opuszcza kuchnię.

– Naprawdę muszę? – pyta Ewcia, patrząc z obrzydzeniem na talerz z kaszą.

– Ojej, Ewciu, nie martw się, mamusi przejdzie. To chwilowe, uwierz mi, córciu – pociesza tatuś.

– Tatusiu – wzdycha Ewcia – czasem myślę, że mamusia zwariowała. Choćby z tym wychodzeniem na dwór! Przecież jest ciepło! Jak można nie zauważyć, że wiosna dawno przyszła?

– A jak rozkwitła młodymi kolorami! – babcia staje w progu kuchni. – Nawet nie macie pojęcia, jak dziś pięknie! Wprost żyć się chce! – i babcia uśmiecha się wszystkimi zmarszczkami, a mimo tych zmarszczek wydaje się ze swoją radością o wiele młodsza od mamusi. – Wiaterek wieje cieplutki, jakby głaskał po twarzy! Słonko grzeje! Niebo błękitne! Wszędzie kwiatki! Pełno kolorowych motylków i już nie wiadomo, co jest kwiatkiem, a co motylkiem! Skowronki śpiewają! Jest cudownie! Zięciu, powiedz mojej córce, że Ewcię odwiozę dopiero po kolacji! Ale się dziś wybawimy, kurczę blade!

– Mamo, Madzia prosiła...

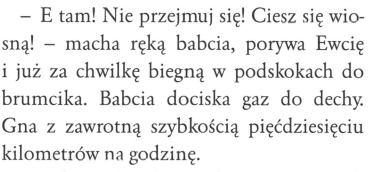

– E tam! Nie przejmuj się! Ciesz się wiosną! – macha ręką babcia, porywa Ewcię i już za chwilkę biegną w podskokach do brumcika. Babcia dociska gaz do dechy. Gna z zawrotną szybkością pięćdziesięciu kilometrów na godzinę.

– Babciu! Twój brumcik zaraz się rozpadnie!

– E tam! Mój brumcik też kocha wiosnę! A poza tym Ewciu, on tylko udaje brumcika! Tak naprawdę jest wspaniałym, sportowym jaguarem i tylko spójrz, jak pędzi! Aż unosi się nad szosą! Chcesz, to wrzucę bieg do latania? I wzniesiemy się ponad wierzchołki drzew!

Babcia porusza wajchą od przesuwania fotela i oto brumcik, czyli w tej chwili jaguar, wzbija się jakby dostał skrzydeł i pędzi nad laskiem pana Kowalskiego!

– Kurczę blade, babciu! Ale jazda! A potrafiłabyś brumcika zamienić w samolot odrzutowy?

– Za krótki dystans na samolot odrzutowy – babcia przekrzykuje świszczący w uszach wiatr. – Czemu jednak mam nie potrafić?

Trzymaj się, Ewciu! Włączam automatycznego pilota i hajda ponad chmury! Ale widoki, co? Krowy niczym mrówki! Ewciu? Fajowo, nie? A jutro polecimy sobie na dwie godzinki gdzieś daleko. Na przykład wykąpać się w jakimiś ciepłym morzu lub na dzikie wyspy Balubalu? A nie będziesz się bała?

– Z tobą ani z dziadkiem nie boję się niczego! Boję się jedynie tej nowej mamusi.

Chyba niepotrzebnie Ewcia wspomniała o mamusi, ponieważ jaguar stał się znowu zwykłym brumcikiem, jadącym po zwykłej szosie. Babcia na moment posmutniała. Ale tylko na moment. Babcia na szczęście nigdy długo nie potrafi być smutna. Dziadek również. Swoje smutki starannie ukrywają przed Ewcią.

Teraz – kiedy drzewko pełne szczęścia naprawdę przyniosło szczęście i babcia jednak dostała kredyt w banku, wymieniła opony, kupiła fotelik, a także tłumik – Ewci wydaje się, że największym smutkiem babci i dziadka jest ta odmieniona mamusia.

Dziadek jak każdego dnia czeka przy bramie.

– Mam dla ciebie niespodziankę – powiada tajemniczo dziadek.

– Oj, jesteś papla! – udaje gniew babcia. – Teraz Ewcia nie zechce zjeść kaszki, tylko popędzi do tej twojej niespodzianki.

– Oj, najpierw kaszka, potem niespodzianka – mówi dziadek, porywa Ewcię w objęcia, łaskocze wąsami.

– Kaszka? – pyta z przestrachem Ewcia. –
Babciu! Nienawidzę wszelkich kaszek!

– Moją znawidzisz. Jest pyszna.

– Każda kaszka jest obrzydliwa! Nieważ-
ne, czy twoja, czy mamusi! Będę nią pluła! –
złości się Ewcia.

– Zaraz się przekonamy, wnuczko. Jeśli
okaże się obrzydliwa, pomożemy ci z dziadkiem w pluciu! – śmieje babcia.

– Nawet urządzimy zawody, kto dalej
pluje! – wtóruje dziadek.

– Słowo? – upewnia się Ewcia. Pomysł za-
wodów w pluciu kaszką na odległość wydaje
się jej superfajowy.

– Słowo!

– To gdzie ta kaszka? – Ewcia rozgląda się po kuchni. Powinno tu cuchnąć przypalonym mleczkiem. Dziwne, ponieważ nic nie cuchnie. Wręcz przeciwnie – pachnie wanilią i pomarańczką.

– Zajrzyj do salaterki – podpowiada babcia.

O kurczę blade! To w salaterce ani trochę nie przypomina mamusinej kaszki! Jest lśniące, złotawe, posypane obficie migdałkami, a wygląda jak kremik do napoleonek.

– No i co? – pyta babcia. – Plujemy?

A dziadek cichutko chichocze.

– Babciu, to musi być pyszne, a ja jestem głodna jak wilk – Ewcia wchłania zawartość salaterki. – Kurczę blade, pyszności, babciu. Dasz dokładkę?

– Dam, ale na pewno chcesz? Bo to zwykła kaszka manna, ubita z jajeczkiem, cukrem, posypana bakaliami. A ty nienawidzisz kaszek...

– Taką nawidzę i mogę ją jeść nawet trzy razy dziennie!

Po wsunięciu drugiej porcji Ewcia gładzi się po brzuszku.

– Mogłabyś, babciu, nauczyć mamusię tak gotować?

– Ewciu! – przerywa babcia. – Mamusia bardzo się stara. Chce dla ciebie jak najlepiej.

– Żeby przestała chociaż ubierać ten pa-
skudny kapelusz! Babciu, zaczaruj ją! Ja
chcę z powrotem swoją kochaną, wesołą
mamusię!

– Wszystko w swoim czasie, Ewciu.

– Zaczarujesz ją, babciu?

– No pewno – a jednak babcia wzdycha.
Za to dziadek chrząka znacząco i mówi:

– Babcia na razie będzie wyczarowywała
obiad, a my, Ewciu, pójdziemy do ogrodu,
gdzie czeka na ciebie niespodzianka.

Ojej, kurczę blade, z tego wszystkiego Ewcia zapomniała o niespodziance!

Ogród dziadka kryje w sobie wiele niespodzianek. Grządki, na których z ziemi wyrastają zielone badylki, ale to wcale nie są żadne badylki, ponieważ potem zamieniają się w chrupiące marchewki, fasolkę, koperek, ogórki albo w olbrzymiaste, podobne do słońca dynie. Oj, w ogrodzie rośnie wiele, wiele pyszności. Najpyszniejszą pysznością jest jednak duża grządka z truskawkami. Ewcia ubóstwia truskawki. Nawet babcia nie musi ich podawać ze śmietanowym kremikiem, bo gdy tylko owocki zaczynają różowieć, Ewci nikt ani nic nie jest w stanie odciągnąć od truskawek.

– Widzisz, ile w tym roku kwiatków na krzaczkach?

– Ojej, widzę. Wszędzie kwiatki. I co dalej, dziadku? – dopytuje niecierpliwie Ewcia.

– Te kwiatki niedługo zamienią się w twoje ulubione truskawki – wyjaśnia dziadek.

– Naprawdę?

– Naprawdę.

– Niedługo?

– Niedługo.

– To ja postoję i poczekam – odpowiada Ewcia, przełykając ślinkę.

ALE HUKNĘŁO!

Ta babcia! Kiedy ona wreszcie przyjedzie po mnie swoim brumcikiem? – denerwuje się Ewcia, biegając od okna do okna w kuchni, skąd widać drogę, którą powinna już dawno nadjechać babcia. – A jeśli znowu brumcik babci rozkraczył się zaraz za Kowalewem?

– Ewcia, nie marudź! – uspokaja mamusia. – Na pewno nigdzie się tym razem nie rozkraczył, bo gdyby tak było, babcia by do nas zadzwoniła. Poza tym nic ci się nie stanie, jeżeli nie pojedziesz do dziadków. I tak jeździsz do nich prawie codziennie. Zawsze możesz bawić się z dziewczynkami sąsiadów.

Ewcia patrzy z wyrzutem na mamusię. Mamusia niczego nie rozumie. Owszem, fajnie jest bawić się z Olcią i Agulką w chowanego lub w berka, ale nie dłużej niż godzinkę. No, najwyżej dwie. A potem po prostu robi się nudno. U babci nigdy nie jest nudno. Z babcią i dziadkiem można bawić się cały dzień we wszystko! Nie tylko w berka albo chowanego!

– A jeśli babci padła bateria w komórce? – pyta Ewcia. – Już raz tak się zdarzyło! Padał śnieg, Olcia z Agulką chorowały na grypę. Na szczęście babcia zostawiła rozkraczonego brumcika na szosie i przybiegła mi na pomoc!

Bo, niestety, brumcik babci rozkracza się coraz częściej... Zanim się rozkraczy, najpierw wyprawia różne dziwne rzeczy.

Czasem okropnie zachrobocze, no i nie chce jechać ani metra dalej, chociaż rozgniewana babcia woła: „Ty uparty ośle, jedź! Nie widzisz, że wiozę Ewcię? Ewcia jest głodna, rozumiesz, ośle? Nie mogłeś się rozkraczyć na podwórku?".

Albo brumcik zaczyna wyć, jakby go coś bardzo bolało. Babcia wtedy szybko zjeżdża na pobocze, ponieważ wycie oznacza, że zaraz brumcik dostanie coś takiego, jak czkawka i zatrzyma się, mimo próśb i gróźb babci, która woła: „Ty ośle jeden! Zobaczysz, oddam cię na złom! Tam zostaniesz rozkręcony do ostatniej śrubki! Zmiażdżony! Sprasowany!".

Brumcik wie jednak doskonale, że to tylko pogróżki. Babcia z dziadkiem nie mają pieniążków na kupienie nowego samochodu, więc babcia może mu wymyślać od osłów, bałwanów, a brumcik wcale się tym nie przejmuje. Rozkracza się, kiedy jest zmęczony. Ma prawo być zmęczonym. Jest bardzo, bardzo starym brumcikiem. I tak jak dziadka czasami boli serce albo babcię powykręcane reumatyzmem ręce, to brumcikowi dokucza silnik oraz inne urządzenia.

O, słychać znajome chrzęszczenie babcinego brumcika! Ewcia oddycha z ulgą. Jest moja kochana babcia! Brumcik też kochany, ponieważ nigdzie się nie rozkraczył!

Ewcia porywa spakowany przez mamusię plecaczek, z którego pachną pomarańcze i banany, a w którym znajdują się jeszcze kredki, książeczki do kolorowania oraz płyty z bajkami. Mamusia też jest uparta jak babciny brumcik! Pomarańcze, banany, owszem, zje się, lecz kto by tam u dziadków kolorował obrazki z kurkami, skoro żywe kurki, koguty i kaczki biegają w sadku. Albo kto by oglądał bajki, skoro babcia opowiada o wiele ciekawsze!

– Pa, mamusiu! – woła Ewcia.

– Odwiozę Ewcię wieczorem! Pa, córciu! – woła babcia.

I obie czym prędzej nawiewają do brumcika, ponieważ mamusia lubi wydawać różne polecenia w rodzaju: „Tylko się, Ewciu, nie ubrudź! Ewciu, nie właź na drzewa! Ewciu, myj często rączki! Ewciu, nie mów, kurczę blade!".

Tym razem mamusi udało się wykrzyczeć jedno:

– Mamo, nie pozwól Ewci taplać się w błocie!

Bo w nocy padało i wszędzie lśniły wspaniałe do taplania kałuże.

Babcia szybko dodała gazu. Brumcikiem zatrzęsło, ale ruszył. We wstecznym lusterku Ewcia zdążyła jeszcze zobaczyć podskakującą, wymachującą rękami i coś krzyczącą mamusię.

– Ewciu, jaką trasę dziś wybierasz? – pyta babcia, wyjeżdżając na szosę. – Mkniemy autostradą? Czy pędzimy jak na afrykańskim safari?

– Autostradą mknęłyśmy wczoraj. Kurczę blade, babciu! Aż w uszach gwizdało! Wyprzedziłaś nawet traktor! I dwa rowery!

– Trzy! – obruszyła się babcia. – I jeden motorower! Na autostradzie nudno. Traktory, rowery... Popędzimy jak na naszym safari, chcesz?

Pewno, że Ewcia chciała. Mamusia nigdy nie odważa się jechać do dziadków swoim nowiutkim, lśniącym brumcikiem jak na safari. Nie ze względu na obecność dzikich zwierząt, których tam pełno pasie się na łąkach, ale z powodu wybojów, głębokich dziur, które po deszczu zamieniają się w małe jeziora. Mamusia mówi, że jej brumcik kosztował mnóstwo pieniędzy, więc nie ma zamiaru go niszczyć na polnych drogach. Zresztą mamusia nie potrafiłaby, tak jak babcia, w jednej chwileczce przemienić brumcika we wspaniały, superterenowy samochód ani tym bardziej w amfibię, ani w ogóle w nic. No i mamusia zamiast stada lwów widziałaby zwykłe cztery konie, zamiast szakali zwykłe owieczki, i przenigdy nie uwierzyłaby, że tam, po lewej stronie, wokół bajorka pokrytego zieloną rzęsą, żuje trawę stado hipopotamów, oganiając się od much kłapnięciami ogromnych paszcz. Mamusia od razu powiedziałaby: „Ależ, Ewciu, przecież to zwykłe krowy!".

Przy stawie babcia zawsze pozwala brumcikowi trochę odpocząć.

– Ciekawe, czy hipopotamom urodziły się już małe hipopotamiątka? – szepcze babcia, pomagając Ewci wysiąść z fotelika (który po historii z policjantem skrupulatnie zamontowała) i zabierając parasolkę, czyli

karabin, gdyż z dzikimi zwierzętami nigdy nic nie wiadomo. – Skradamy się pomału, Ewciu. Hipopotamy są bardzo czujne. Kurczę blade, Ewciu! Chyba musimy podpełznąć na kolanach...

– Kurczę, babciu... Nie widzę hipopotamów...

– Kurczę, Ewciu... Ja też nie... Może ich pan Stasiak nie przygnał na pastwisko? Bo gdzie one poszły?

– Wiem, dokąd poszły – chichocze Ewcia. – Zjeść mój kisielek!

Nagle babcia zaczyna recytować wierszyk, który kiedyś wspólnie wymyśliły:

> – *Kto tam puka? Kto tam? Kto tam?*
> – *To ja, Ewciu, hipopotam.*
> – *Czego chcesz, hipopotamie?*
> – *Zjeść twój kisiel na śniadanie!*
> – *Nigdy w życiu, proszę pana.*
> *Kisiel to zjem sobie sama!*
> *A ty, gruby łakomczuchu,*
> *odejdź stąd o pustym brzuchu!*

Mamusi i tatusiowi ten wierszyk bardzo się spodobał, ale mamusia uparła się, że ani babcia, ani Ewcia takiego wierszyka same nie ułożyły.

Dlatego o kolejnym wierszyku o lwach, jaki tym razem Ewcia ułożyła sama, bez babcinej pomocy, mamusia się nie dowiedziała.

Na safari tak pędzimy,
lwów się wcale nie boimy!
Bo te cztery groźne lwy
mają w grzywach cztery pchły!
A w ogonach też po cztery,
wszystkie wielkie jak rowery!
Więc te groźne, groźne lwy
zamiast nas zjeść wolą pchły!

Teraz Ewcia zamierza wymyślić trzeci wierszyk o żyrafach. Bo dziadek powiedział, że wierszyki Ewci są superowe i gdyby Ewcia, nawet przy pomocy babci, wymyśliła jeszcze z dziesięć, to na pewno jakieś wydawnictwo wydrukowałoby z nich książeczkę. Ewcia bardzo się ucieszyła. Skacząc na jednej nodze wokół stołu, wołała: „Kurczę, babciu, kurczę! Dopiero mamusia by się zadziwiła! Kurczę, babciu! Wyobrażasz sobie, jaką miałaby minę! Kurczę, babciu! Byłoby jej głupio, nie?". Ale babcia powiedziała, że przede wszystkim mamusia byłaby dumna z Ewci, ponieważ jest mądrą, grzeczną, zdolną dziewczynką.

– No dobra – babcia podnosi się z kolan. – Spadamy stąd! Na kisielek! Do dziadka! Ewciu! A kto pierwszy dobiegnie do brumcika, ten będzie mógł się turlać z górki na pazurki. Kto drugi też!

– Kurczę blade, babciu! – woła Ewcia, gnając za babcią. – Zimą zjeżdżałyśmy z górki na sankach! I nie tylko na sankach! Na desce od prasowania też! Ale turlanie się musi być superfajowe! Ty to masz dzikie pomysły, babciu!

Bo mamusia czasem tak mówi o babci. Że babcia ma dzikie pomysły. I dodaje: „Czy ty nigdy nie spoważniejesz? W twoim wieku nie wypada tak się zachowywać".

– Im dziksze, tym fajniejsze! – odpowiada zadyszana babcia, siadając za kierownicą. – Jednak to nie mój pomysł. To dziadka.

– Dziadek też chyba nigdy nie spoważnieje – zauważa Ewcia, trzaskając drzwiami brumcika. – Zjeżdżanie na desce do prasowania też było dzikim pomysłem dziadka!

Babcia z Ewcią szybko dojeżdżają do wsi. Domek zarośnięty cały aż po komin dzikim winem również wygląda jak zielony pagórek. Kiedy tatuś z mamusią wybudowali dom, babcia namawiała ich, żeby obsadzili go zielonym nawet zimą bluszczem. Lecz mamusia się nie zgodziła. Powiedziała, że po takim bluszczu mogą się wspinać myszki, pająki oraz inne paskudztwa. U babci wspinają się i myszki, i pajączki, i żuczki, lecz ani babci, ani dziadkowi nie przeszkadzają. Myszkom to nawet babcia sypie pod stół w kuchni serowe okruszki. Tak się przyzwyczaiły do swoich serowych obiadków, że gromadzą się całym stadkiem dokładnie

w samo południe, punkt dwunasta. Zanim w radiu umilknie hejnał z wieży mariackiej, myszki już są. Śliczne! Mają szare futerka, a oczka jak błyszczące paciorki. Gdy się najedzą, babcia woła:

– No, moje panie, proszę teraz chować się do swoich domków!

A myszki chyba rozumieją, bo za chwileczkę nie ma pod stołem ani jednej! Natomiast różne żuczki lub pajączki dziadek ostrożnie wynosi na trawkę.

O, właśnie dziadek czeka przy bramie! Kochany dziadziunio: siwiutki, przygarbiony i uśmiechnięty. Najlepszy na świecie!

– Kurczę blade, dziadku! – woła Ewcia, vyskakując z brumcika. – Aleś wymyślił faową zabawę! Gdy tylko zjem kisielek, przeieram się i pędzę turlać się z pagórka!

– Ja z tobą! – babcia porywa Ewcię w objęcia.

– A ja z wami! – dziadek porywa i babcię, i Ewcię w objęcia.

– Ty dziadku? – zdumiewa się Ewcia, całując dziadka w oba policzki. – A twoje chore serduszko?

– Dziś mam zdrowe! Nie boli mnie nic a nic! Chcę się bawić razem z tobą, Ewciu! Mieć tyle lat co ty!

– To chyba niemożliwe – zauważa Ewcia. – Jesteś jednak na turlanie się troszeczkę za stary.

– W takim razie babcia również jest za stara!

– Ja? Za stara na turlanie się? – obrusza się natychmiast babcia.

– Masz dokładnie tyle lat co ja!

– Wcale nie! Jestem o miesiąc od ciebie młodsza! I mam zdrowe serce!

– Za to chory kręgosłup!

– Kurczę blade! Przestańcie się kłócić! Jesteście jak dzieci! – upomina Ewcia.

Babcia z dziadkiem najpierw wybuchają śmiechem, a potem obejmują się i tańczą krakowiaka.

— Naprawdę jak dzieci – myśli Ewcia, lecz zaraz przypomina sobie mamusię i tatusia, którzy nigdy nie są jak dzieci. – Ciekawe, czy mamusia kiedykolwiek bawiła się w turlanie albo w taplanie w błotku? Czy zamiast krów pana Stasiaka widziała stado wielkich hipopotamów? Koniecznie muszę o to zapytać babcię.

Do kisielku babcia ubiła krem śmietankowy, pycha, pycha! U babci wszystko jest pycha! Po wylizaniu salaterki Ewcia ubrała się w specjalne, dozwolone do taplania się oraz podobnych zabaw spodenki i koszulkę. Dlatego mamusia zawsze po powrocie Ewci od dziadków podejrzliwie przygląda się córeczce i dziwi się, że taka czysta. Mamusia nakupowała Ewci mnóstwo pięknych sukieneczek, kurteczek, spodenek, adidasów, pantofelków. Gdy Ewcia musi bawić się z Olcią i Agulką, te przezywają ją strojnisią! Ewcia cieszy się ze swoich ubranek od mamusi i lubi być strojnisią. Ale nie u babci. Inaczej, kurczę blade, ani taplania, ani włażenia na orzech włoski!

Kurczę blade! Chyba turlanie się jest fajniejsze od taplania w kałużach! A dziadek dziś rzeczywiście ma pięć lat. Turlał się i to tak szybko, że wygrywał każdy wyścig. Babcia zrezygnowała pierwsza. Zadyszana powiedziała, że musi iść gotować obiadek.

Ewcia z dziadkiem turlali się jeszcze godzinę.

Potem wszyscy musieli umyć głowy, ponieważ do włosów poprzyczepiały się im trawki, mlecze, koniczynki, a we włosach pełzały żuczki. Zjedli pyszny obiadek i Ewcia zdobywała Giewont, czyli wdrapywała się na włoski orzech.

Potem babcia na podwieczorek usmażyła naleśniki z serem.

Ewcia zjadła ich tyle, że musiała rozpiąć pasek przy spodenkach.

Potem wszyscy usiedli na tapczanie i odpoczywali. Lecz nigdy długo nie odpoczywają, ponieważ na to szkoda czasu!

– Dlaczego, Ewciu, wyrywasz sobie włosy z głowy? – dziwi się babcia.

– Na razie tylko cztery, babciu – odpowiada Ewcia. Staje na tapczanie. I upuszcza pierwszy włos na podłogę.

– Ale huknął, słyszeliście? – pyta Ewcia.

– Rzeczywiście! Huknął niczym grzmot – potwierdza babcia.

– Aż mnie w uchu zabolało – dodaje dziadek.

– A teraz – pyta Ewcia, rzucając pozostałe trzy włosy.

– Teraz? O, kurczę blade, Ewciu! Aż tapczanem podrzuciło! – woła babcia i też staje na tapczanie, wyrywa włos z głowy, rzuca nim o podłogę.

Huknął równie głośno.

Dziadek natychmiast wskakuje na tapczan, ciska swoim włosem.

– Całkiem nieźle, dziadku, strzelił! – chwali dziadka Ewcia.

Wyrywanie włosów trochę bolało, lecz za to huczało tak, jak podczas prawdziwej burzy z piorunami. A potem nawet przeszło przez dom prawdziwe tornado! Dachówki spadały! Ściany się rozwalały! Kurczę blade! Ze strachu musieli wszyscy troje schować się pod stół.

A tu nagle pojawia się mamusia!

– O Boże! Co wy tam robicie wszyscy pod stołem? Ewciu? Mamo? Tato? Doprawdy potrafię jeszcze zrozumieć Ewcię! Ale was, takich starych, którzy bawicie się, jakbyście mieli po cztery latka, nie zrozumiem nigdy!

– Szkoda, mamusiu, że nie zrozumiesz – myśli z żalem Ewcia.

Babcia z dziadkiem chichocząc, wypełzają spod stołu. A Ewcia za nimi.

Mamusia patrzy na nich srogim wzrokiem.

– Ale huknęło, prawda, Ewciu? – całkiem otwarcie chichocze babcia, nic sobie nie robiąc z potępiającej miny mamusi.

– No. Huknęło, babciu.

– Co wam znowu huknęło? – pyta mamusia.

– Jakbyś miała pięć latek, to byś zrozumiała – parska śmiechem dziadek.

– Na swoje szczęście nie mam! Jaki przykład dajecie dziecku? – krzyczy zdenerwowana mamusia. – Pięć latek! Pięć latek! Całkiem wam na starość odbiło! Ewa! Do samochodu! Natychmiast!

ZAPOMNIANE SKRZYDŁA

Ewciu! Od dziś do odwołania masz zakaz wstępu na piętro – z surową miną oznajmia tatuś.

– Kurczę blade, tatusiu! Dlaczego? – protestuje Ewcia. – Z wami mi nudno.

– Ewciu! Tyle razy powtarzałam ci, że to brzydko mówić „kurczę blade"! – upomina natychmiast mamusia. – I czemu ci z nami nudno? Masz tyle bajeczek na płytach do oglądania, tyle książeczek z obrazkami, tyle układanek!

– Nudno i tyle – upiera się Ewcia. A w myślach dodaje: – Bo mam po dziurki w nosie oglądanie tych samych książeczek, bajeczek!

– U dziadków ci nie nudno – mówi z wyraźnym żalem mamusia. – Jakbyśmy ci pozwolili, to przeniosłabyś się do nich na stałe. Nie kochasz mnie? Ani tatusia?

– Ależ kocham! Bardzo! Bardzo. Tylko, że wy jesteście inni.

– Inni? – dziwi się mamusia.

– Nie umiecie się ze mną bawić.

– Ewciu! Do zabawy są układanki, lalki, misie – mówi mamusia. – My z tatusiem ciężko pracujemy, żeby ci niczego nie brakowało…

– Wy ciągle mówicie o tym pracowaniu… – upiera się Ewcia. – Wracam od dziadków i słyszę: „Ewciu, oglądaj obrazki! Ewciu, baw się lalkami!".

– Olcia i Agulka zazdroszczą ci, że masz tyle pięknych lalek Barbie – wzdycha mamusia. – A ty, Ewciu, lalki w kąt i na piętro, gdzie nawet nie ma jeszcze podłóg – mamusia znowu wzdycha.

– Ale mnie to nie przeszkadza, mamusiu! Lubię tam siedzieć.

– Jak to siedzieć? – dopytuje się tatuś. – Siedzieć i nic nie robić? I nie jest ci nudno?

– Wcale a wcale. Siedzę w tym moim przyszłym pokoiku i wyobrażam sobie, jaki będzie. Ściany pomalowane na jasnozieloniutki kolor. I w różne kwiatki. Stokrotki... Słoneczniki... Co spojrzę, od razu widzę łąkę.

– O Boże, Ewciu, łąka to łąka, a ściana to ściana! – woła mamusia.

– Jak byłaś mała, to nigdy nie chciałaś mieć nad swoim łóżeczkiem kwitnącej łąki? – pyta ze zdziwieniem Ewcia.

– Nigdy – oświadcza stanowczo mamusia i powtarza: – Łąka to łąka, ściana to ściana.

– Dość dyskusji o łąkach na ścianach! – ucina tatuś. – W każdym razie surowo zabraniam ci, Ewciu, wchodzenia na piętro. Od dziś rozpoczną się prace wykończeniowe. Masz się tam nie plątać.

– A mój pokoik?

– Co twój pokoik?

– No, choćby na jaki kolor w nim pomalujecie ściany?

– Na pewno nie w łączkę – oświadcza stanowczo mamusia.

– Ale to ma być MÓJ POKOIK! – woła oburzona Ewcia. – I jeśli nie pomalujecie chociaż jednej ściany w łączkę, możecie się tym pokoikiem wypchać!

– Jesteś niegrzeczna i niewdzięczna! – unosi się mamusia. – Olcia, Agulka i inne twoje koleżanki będą się śmiały z łąki na ścianie!

– Niech spróbują! – krzyczy Ewcia. Jest tak rozłoszczona, że tupie nogami. – Wytargam je za włosy!

– Jesteś bardzo niegrzeczna. Za karę nie pojedziesz dziś do dziadków – tatuś też jest poirytowany.

– Tylko spróbujcie mi zabronić!

– Też nas wytargasz za włosy? – mówi mamusia.

– Kurczę blade! Ucieknę od was i już!

– Nie mów „kurczę blade"!

– Będę mówiła! Kurczę blade i... i nawet naprawdę inne brzydkie słowa! Takie jak cholera. Cholera jedna!

– Jeszcze jedno słowo i otrzymasz karę – tatuś naprawdę się zdenerwował.

– Matko święta, tak wrzeszczycie, że słychać was na ulicy – to babcia nagle odezwała się, wchodząc do domu – Ewciu, dlaczego przeklinasz? Co cię tak zezłościło?

– Oni! – wybucha płaczem Ewcia.

– Ewciu, nie wolno tak odzywać się do rodziców, nieładnie się zachowujesz – mówi babcia. – Bierz plecaczek, jedziemy.

– Mamo, Ewcia za karę do ciebie dziś nie pojedzie! Zachowuje się niczym rozwydrzona pannica – z gniewem mówi mamusia.

– Rzeczywiście, jest niegrzeczna – ku zdumieniu Ewci babcia przytakuje mamusi. – Bardzo niegrzeczna – powtarza babcia, więc Ewcia obraża się na babcię. – Lecz tym razem daruj jej karę. Ewciu, prawda, że postarasz się być grzeczną dziewczynką?

– No, dobrze. Niech jedzie – zgadza się po krótkim wahaniu mamusia.

– Mkniemy autostradą czy jedziemy na safari? – pyta babcia, jakby nic się nie stało.

– Wszystko mi jedno – odpowiada Ewcia, myśląc, że nie prędko wybaczy babci tę potworną niesprawiedliwość.

– Na safari obejrzałybyśmy dwa małe hipopotamiątka, bo wiem od pana Stasiaka, że już się urodziły i wypuścił je z mamami na pastwisko koło bajorka – kusi babcia.

– To są zwykłe cielaki od zwyczajnych krów! Już nie będę sobie niczego więcej wyobrażała. Krowa to krowa. Ściana to ściana, cholera jedna! – wybucha Ewcia w przekonaniu, że babcia ją zaraz zwymyśla.

Ale babcia jakby nagle ogłuchła. Pochyla się nad kierownicą ledwo dyszącego malucha, który, jakby miała pięć albo i mniej lat, nazwała śmiesznie brumcikiem.

Oczywiście dziadek podskakuje przed bramą, zapominając, że jest stary i wcale mu nie wypada udawać pięciolatka.

– W co się będziemy bawić, Ewciu? – woła radośnie uśmiechnięty dziadek.

– W nico! – odpowiada ze złością Ewcia. Wymija wyciągnięte do uścisku ramiona dziadka. Widzi, jak radosny uśmiech dziadka znika i dziadek naprawdę robi się stary. Jeszcze ostatnie iskiereczki gasnącego uśmiechu w oczach, zupełnie tak, jakby gasło słoneczko, które świeciło specjalnie dla niej, dla Ewci...

– Cholera jedna! Was też nie cierpię! – krzyczy Ewcia. Bo tak naprawdę, to w tej chwili nie cierpi nikogo, a przede wszystkim siebie samej! Zamiast do domu, ucieka do drewutni. Bo tak bardzo chce się jej płakać!

Czuje się rzeczywiście zła, wręcz podła! Och, pobiec do dziadka, do babci, odwołać swoje wstrętne słowa, przeprosić, utulić, a potem pobawić się z nimi jak jeszcze wczoraj, przedwczoraj i zawsze, odkąd pamięta!

Ewcia, wciśnięta za pień do rąbania drewna, szlocha rozpaczliwie. Szlochając, nadsłuchuje kroków babci. Zaraz przyjdzie i oznajmi srogo: „Zabieraj swój plecak. Marsz do brumcika. Odwiozę cię do rodziców. Nigdy więcej po ciebie nie przyjadę". Wtedy rzuci się babci na szyję z przeprosinami. „Oj, błagam, babciu, nie patrz tak srogo! Nigdy więcej nie powiem «Cholera» przysięgam! Oj, babciu! Przysięgam, że nie powiem «Cholera!»".

— Ewciu? Gdzie się schowałaś? W chowanego pobawimy się, gdy zjesz kisielek!

Jak to? Babcia się nie pogniewała? Ani dziadek?

Ewcia wyskakuje z drewutni. Ściska babcię ze wszystkich sił, powtarzając:

– Oj, babciu! Oj, a ja taka byłam obrzydliwa!

I znowu szlocha. Ale tym razem z radości.

– Całkiem obrzydliwa – potwierdza babcia, przytula mocno Ewcię, ociera z jej buzi łzy dłonią szorstką od pielenia warzyw. – Ale na szczęście, kurczę blade, zamiast obrzydliwej wnuczki widzę naszą kochaną, słodką niczym cukiereczek, mądrą Ewunię!

Oj, jak dobrze! I dziadek odzyskał słoneczka w jasnoniebieskich oczach! A kisielek taki pyszny i kremik babcia ubiła śmietanowy!

– W co się bawimy? – pyta dziadek, gdy Ewcia wylizała salaterki po kisielku i kremiku. – Jakoś w chowanego nie czuję się na siłach.

– Kurczę blade, dziadku, tak objadłam się pysznościami babcinymi, że chyba pęknę! Usiądziemy na kanapie. Dokończymy wierszyk o żyrafach, dobrze? – proponuje Ewcia. – Bo tak sobie myślę, że niedługo są imieniny mamusi i może byłoby mamusi przyjemnie dostać moje wierszyki. Może wreszcie uwierzy, że same je wymyśliłyśmy?

– Świetny pomysł! – cieszy się babcia. – Na pewno sprawisz mamusi wielką przyjemność. Dziadek! Czytaj pierwszą zwrotkę ułożoną przez Ewcię.

Dziadek chrząka, zaczyna:

Kurczę blade, co się dzieje?
Dom się nam w posadach chwieje!
Zaraz runą nasze dachy!
Atakują nas żyrafy!

— No nie wiem — zastanawia się Ewcia —
mamusia krzyczy, kiedy mówię „kurczę blade". Może lepiej „kurczę blade" zamienić
na „jejku, jejku"?

— Nie przejmuj się, Ewciu. Na razie niech
zostanie „kurczę blade" — mówi babcia. —
A druga zwrotka? Wymyśliłaś?

– No pewno, kurczę blade! Drugą i trzecią też! Posłuchajcie:

Kurczę blade, babcia pod stół,
dziadek za piec,
a ja, Ewcia, gdzie mam uciec?
Może schowam się do szafy?
Tam nie znajdą mnie żyrafy!

– Superowo! – klaszcze dziadek. – Już za-
pisuję…
– Wprost fantastycznie! Dawaj trzecią,
Ewciu! – woła babcia.

Kurczę blade! Te żyrafy
wyłamują drzwi od szafy!
Już mnie mają, dopadają,
groźne zęby odsłaniają!

– O kurczę blade, Ewciu! Chyba cię nie zjedzą? – pyta babcia, udając, że jest okropnie wystraszona.

– Oj babciu – chichocze Ewcia – sama mi opowiadałaś, że żyrafy ogryzają listki z najwyższych drzew. Nawet komara nie połkną! Szkoda, że na naszym safari nie widziałyśmy żyraf.

– Ewciu! Ale one są! – woła babcia. – Nie widzimy ich, ponieważ one sobie leżą i odpoczywają za tym pagórkiem porośniętym mirabelkami!

– Faktycznie! Dlatego mirabelki takie ogołocone z liści. I takie połamane! Ja sądziłam, że to ta potworna wichura, która zrzuciła nam z dachu kilkanaście dachówek, lecz to żyrafy...

– Co wylazły z szafy! – chichocze dziadek. – Babciu! Siedzimy teraz cichutko, ponieważ Ewcia musi ułożyć zakończenie wierszyka.

Ewcia marszczy brewki. Kurczę blade, jak tu układać, kiedy nic nie wpada do głowy? Poprzednie zwrotki po prostu wpadły same. Zakończenie? No tak, powinno być śmieszne. Mamusia je przeczyta i uśmiechnie się. Mamusia jest taka ładna, gdy się uśmiecha... Szkoda, że tak rzadko... A może to prawda, co mamusia mówi, że wraca z gminy bardzo, bardzo zmęczona...

– Mam! – woła Ewcia. Bo znowu zwrotka sama się ułożyła. Taka:

Nie bój się nas, Ewciu miła!
Tak żyrafy przemówiły.
My cię znamy, podziwiamy,
ale, Ewciu, bądź kochana,
głowy bolą nas od rana!
Zapłacimy ci trzy grosze,
tylko daj nam dobry proszek!
Proszek taki doskonały,
żeby głowy nie bolały!

– Super fajne! – wołają babcia z dziadkiem. – Brawo, Ewciu! Sprawisz mamusi piękny prezent na imieniny!

– Kurczę blade, no nie wiem... Czegoś mi brakuje w zakończeniu. Jeden proszek na całe stado żyraf?

– Ale to proszek doskonały, więc wystarczy nawet na dwa stada żyraf – mówi babcia. – Jutro kupimy nowy zeszyt, dziadek ci przepisze wierszyki, a ty na pewno wymyślisz następny.

– Może... – odpowiada Ewcia z wahaniem i myśli, że owszem, ułożyłaby wierszyk o tym, jak w jej nowym pokoiku wyrasta na ścianie łączka z kwiatkami.

– Oj, znowu płaczesz? – martwi się babcia. – Co cię gnębi, wyżal się babci, skarbie.

– Babciu... Powiedz... Jak mamusia była taka mała jak ja, to miała swój pokoik?

– Pewno! – zamiast babci odpowiada dziadek. – Teraz w dawnym pokoiku twojej mamusi jest moja sypialnia.

– A ściany? – pyta Ewcia.

– Co ściany? – nie rozumie dziadek.

– Kurczę blade, Ewcia chce wiedzieć, na jaki kolor pomalowaliśmy ściany w pokoju naszej małej córeczki! – woła babcia.

– Aaaa… No, na taki, jaki ona sobie wymarzyła. Na jednej nawet zimą świeciło pomarańczowe słoneczko. Na drugiej przez łąkę płynęła rzeczka, a w rzeczce pluskały się rybki. Na trzeciej rósł las i pod każdym drzewkiem borowiki, rydze, maślaki… Bo twoja mamusia ubóstwiała zbierać grzybki. Dlatego w srogie mrozy chodziła do lasu i wracała z pełnym koszykiem.

– Naprawdę? – zdumiewa się Ewcia. – MOJA MAMUSIA POTRAFIŁA TAK SOBIE WYOBRAŻAĆ?

– No pewno! WSZYSTKO potrafiła sobie wyobrazić, skarbie – mówi babcia.

– Była taka jak ty, Ewciu – dodaje dziadek. – Pewno chciałabyś mieć taki pokoik jak kiedyś mamusia?

– No... – Ewcia znowu nie może powstrzymać łez. – Ale mamusia teraz wszystko zapomniała! Powiedziała, że nigdy nie chciała mieć łączki na ścianie!

– Och, kurczę blade, ale ty dziś się mażesz! Chodźmy na strych, pokażemy ci mebelki z pokoju mamusi! – woła szybko babcia.

– Bo o te mebelki była okropna awantura, Ewciu. Okropna! – równie szybko dodaje dziadek. – Ściany pomalowałem jak sobie mamusia wymarzyła, ale mebelki kupowaliśmy z babcią bez mamusi. Rozstawiliśmy je, rozwiesiliśmy firaneczki, wołamy twoją mamusię, pewni, że będzie zachwycona.

– I co? Nie była? Ja też bym nie była! Chciałabym sama wybrać mebelki do swego własnego pokoiku! Pewno biedna mamusia się popłakała.

– Żeby się popłakała, ale nie! Twoja mamusia zezłościła się na nas tak, że wrzeszczała ze złości i tupała nogami!

– Kurczę blade! – woła Ewcia. – Ale mamusia kiedyś była fajna! A wy byliście niefajni. OKROPNIE DOROŚLI, kurczę blade! Wprost nie do uwierzenia, że kiedyś zachowaliście się dokładnie tak, jak dziś mamusia z tatusiem!

– I kto to mówi? – chichocze babcia. – A kto dziś rano wrzeszczał ze złości i tupał nogami?

– Masz rację, Ewciu – mówi dziadek. – Byliśmy wstrętnie DOROŚLI, lecz króciutko. Pojechaliśmy z mamusią do miasta i kupiliśmy jej wymarzone mebelki. A na firankach babcia wyhaftowała motylki. Niestety, firanek już nie ma, ale na strychu pozostały mebelki.

– Mogę je zobaczyć? – pyta Ewcia i już wie, że żadnych innych nie zechce, tylko te, które kiedyś wymarzyła sobie mamusia. Jak jeszcze umiała marzyć.

Tak, dokładnie takie! Zielone krzesełka, pomalowane w różyczki. Szafa niebieska z pędzącymi białymi chmurkami jak okręty. Prawdziwe łóżeczko, a nie jakiś pospolity tapczanik! Wszystkie koleżanki i Olcia, i Agulka również mają tapczaniki jakby kupione

w jednym sklepie! U wszystkich prawie identyczne komódki, półki, biureczka, krzesełka, dywaniki. Jednak te wszystkie dziewczynki bawią się w zwykłe zabawy. Nie mogą pojąć, dlaczego Ewcia woli się bawić szmacianą lalką uszytą przez babcię i ma w nosie swoje słodkie jak landrynki Barbie. Tak naprawdę Olcia albo Agulka niewiele się różnią od mamusi. Dla nich krowa to tylko krowa, nic więcej.

Ewcia znowu powstrzymuje łezki.

– Jakiś nieudany dzień. Smutny – myśli.

Chodzi po strychu, zagląda w kąty. Dostrzega w jednym coś dziwnego. Coś, co musiało być białe, a teraz jest szarawe i co do złudzenia przypomina wielkie skrzydła ptaka.

– Co to, babciu?

– To? – babcia wzdycha. – Dziadek z gęsich piór zrobił dla twojej mamusi skrzydła…

– I co? I co? Mamusia na nich fruwała?
Moja mamusia? To po prostu niemożliwe!

– Dlaczego niemożliwe? Przypinała sobie skrzydła do ramion. Biegła na nasz pagórek. I wzbijała się wysoko, wysoko. Fruwała między chmurkami. A czasem... Czasem, Ewciu, gdy późnym, letnim wieczorem niebo było rozgwieżdżone, twoja mamusia ulatywała do gwiazd i też stawała się gwiazdką.

– O, jakie to smutne – szepcze Ewcia.

– Smutne? – dziwi się babcia.

– Smutne, bo nie znam takiej mamusi. Pewno nawet nie pamięta, że kiedyś potrafiła przypinać do ramion skrzydła z gęsich piór i fruwać między gwiazdkami...

– Ewciu, nie płacz. Zastanowimy się z dziadkiem, w jaki sposób przywrócić mamusi pamięć.

– Chyba już za późno, babciu. I to jest takie smutne...

Ewcia z całych sił zatęskniła do mamusi, której już nie ma. I nie będzie. Bo obecna mamusia, nawet jeśli sobie przypomni o skrzydłach, jest tak okropnie DOROSŁA, że nigdy nie odważy się ich przypiąć do ramion. Nawet po to, żeby nimi tylko pomachać.

„Łąka to łąka, ściana to ściana" – tak dziś powiedziała mamusia.

– Oj, jaki beznadziejnie smutny dzień – myśli Ewcia, płacząc. – Oj, jutro będzie też smutny. I pojutrze. I za tydzień. I zawsze. Aż stanę się taka jak mamusia i o wszystkim zapomnę. Wtedy krowa będzie tylko krową. A ściana ścianą…

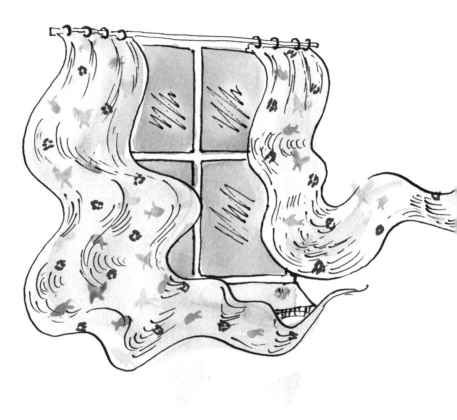

SPEŁNIONE MARZENIA

Mamusia ma na imię Magdalena, więc jej imieniny wypadają dwudziestego dziewiątego maja, czyli dokładnie za dziewięć dni.

Dziadek bardzo ładnie wpisał trzy wierszyki do zeszytu. Babcia obłożyła zeszyt ślicznym błękitnym papierem, na którym wymalowała kolorowe motylki.

Tego najważniejszego wierszyka dla mamusi Ewci nie udało się ułożyć. O wiele łatwiej układać rymowanki o lwach czy żyrafach niż o tym, żeby mamusia stała się małą dziewczynką, która przypina skrzydła do ramion i fruwa razem z chmurkami po niebie.

A w ogóle to się bardzo dużo działo.

W domu trwało pospieszne wykańczanie piętra. Ewcia sądziła, że mamusia i tatuś chcą pochwalić się przed imieninowymi gośćmi drugą łazienką, holem, dwoma pokojami gościnnymi, no i tym, co niby ma być jej pokoikiem w kolorze obrzydliwego różowego landrynka. Ale mamusia powiedziała, że owszem spieszą się, jednak nie z powodu imienin, lecz ze względu na Dzień Dziecka.

– Zaprosisz wszystkie koleżanki. Urządzimy ci wspaniały bal – oznajmiła radośnie mamusia. – Ewciu? Nie cieszysz się?

– Nie chcę balu. Nie zaproszę ani jednej koleżanki! – obruszyła się gniewnie Ewcia, patrząc na posmutniałą nagle mamusię. Smutek mamusi też miała w nosie! I Dzień Dziecka też! Pewnie dostanie w prezencie kolejną Barbie z kompletem różowych ubranek! Albo kolejny domek dla Barbie! Albo coś równie głupiego!

– Sprawiasz mi wielką przykrość, Ewciu – powiedziała cicho mamusia, więc Ewci zrobiło się przykro, że zrobiła przykrość mamusi, ale trudno! Nie będzie mamusi przepraszać ani nic! Bo zaraz mamusia powie: „Jesteś niewdzięczną córeczką, Ewciu. Tyle ci z tatusiem kupujemy pięknych i drogich zabawek, których zazdroszczą ci Olcia i inne dziewczynki, a ty się dąsasz i złościsz, zamiast dziękować!".

Mamusia tym razem nic takiego nie powiedziała. Ciężko westchnęła i z opuszczoną głową wyszła z pokoju.

Ewci zrobiło się jeszcze bardziej przykro.

– Pewno beczy – pomyślała. – I dobrze. Niech beczy. Chociaż to dziwne: becząca przeze mnie mamusia? I nie powiedziała, że jestem niewdzięcznicą? Ale te różowiutkie ściany i obrzydliwe meble pomażę mazakiem! Na fioletowo. W zygzaki!

Machając nogami, marszcząc brewki, Ewcia zastanawiała się, jak dokuczyć mamusi. Poszła do kuchni.

Mamusia gotowała czekoladowy budyń. Oczy miała zaczerwienione.

– Mamusia jednak płakała? To dziwne. – pomyślała Ewcia.

– Przyszłaś mnie przeprosić, Ewciu?

– Chcę, żebyś mi zrobiła bukiecik z maków – oświadczyła Ewcia święcie przekonana, że mamusia się oburzy i powie: „Sama sobie zrób! A w ogóle jesteś wyjątkowo nie-grzeczna!".

– Dobrze, skarbie – mamusia rozlała bu-dyń do trzech salaterek. – Na pewno z ma-ków? Są piękne, szybko jednak więdną.

– Z maków! – podniosła głos Ewcia my-śląc, że teraz na pewno mamusia okropnie się rozłości.

– Dobrze – zgodziła się mamusia.

– Bardzo dziwne… – pomyślała Ewcia. – Mamusia nie złości się? To nienormalne, że nie krzyczy ani nic!

Przy ogrodzeniu wprost czerwieniło się od polnych maków. U babci również rosły. Babcia nie pozwala ich zrywać. „Niech sobie żyją, Ewciu" – mówiła. „Zerwiesz, a one zaraz umrą".

Mamusia, uśmiechając się, przyniosła bukiet maków. Wstawiła je do wazonu.

– Moja nadęta córeczka zadowolona? – zapytała.

– Już odechciało mi się maków, kurczę blade – tupnęła nogą Ewcia i pomyślała, że mamusia musi się teraz zezłościć! Choćby za tupanie nogą i „kurczę blade"!

– Dobrze, zrobię ci bukiecik z kwiatków, które bardzo lubię – spokojnie odpowiedziała mamusia, więc już Ewcia nie wiedziała, co ma zrobić, żeby mamusię zezłościć!

– Przecież naprawdę zachowuję się okropnie! – rozmyślała Ewcia. – Co tu jest grane?

Mamusia wróciła z ogrodu z bukietem białych lilii.

– Skarbie – odezwała się spokojnie. – Nic z tego. Nie uda ci się wyprowadzić mnie z równowagi. Nie oczekuję również twoich przeprosin. Jeżeli zamierzasz ze złości potłuc talerz, proszę bardzo. A nogami tup sobie do woli.

– Na złość tobie nie będę tupała nogami! – krzyknęła Ewcia. – I nie potłukę ani jednego talerza!

– Jak sobie życzysz, skarbie.

– Nie mów do mnie „skarbie"!

– W porządku, kochanie.

– I nie zjem budyniu! I nie chcę nowego pokoiku! Niczego nie chcę! A jeśli kupisz mi na Dzień Dziecka ohydną Barbie, powyrywam jej włosy!

– A skąd wiesz, co zamierzam ci kupić na Dzień Dziecka? – spytała mamusia.

– Bo nigdy nie zapytałaś, jaki chciałabym dostać prezent! Nie cierpię twoich prezentów, kurczę blade, cholera jedna! A teraz możesz sprawić mi tęgie lanie! Za „cholerę", za „kurczę" i za wszystko! – Ewcia z trudem powstrzymywała narastający szloch. Bo nagle poczuła się taka okropnie nieszczęśliwa! Bo to ona, nie mamusia, była wstrętna! Bo teraz tak chciałaby się do mamusi mocno przytulić, bardzo mocno i powiedzieć: „Mamusiu, przepraszam. Kocham cię, mamusiu!!! Ach, kupuj nawet te obrzydliwe lalki Barbie i nawet mój pokoik pomaluj na różowo, to nie twoja wina, że ZAPOMNIAŁAŚ O SKRZYDŁACH. Tak ciężko pracujesz, masz takie ciemne obwódki pod oczami ze zmęczenia. Och, mamusiu, jaka ze mnie niedobra córeczka! Już pewno mnie nie kochasz!".

– Ewciu, nigdy cię nie uderzyłam. Nie dostałaś nigdy nawet małego klapsika – po policzkach mamusi spłynęły łzy. – Udało ci się, Ewciu, doprowadzić mnie do płaczu. Zostaw mnie samą, dobrze?

– Mamusiu, ja nie chciałam... Przepraszam, przepraszam! – Ewcia wybuchnęła płaczem.

– Skoro przepraszasz... – mamusia zawahała się, lecz po chwilce przyciągnęła Ewcię do siebie, przytuliła i pogłaskała po głowie. – Już dobrze, skarbie... Mogę mówić do ciebie „skarbie"?

– Och, mamusiu, i „skarbie", i „kwia-
tuszku", i „kochanie" – Ewcia rozszlochała
się. – Więcej nigdy nie będę taka wstrętna
jak dziś!

– Może i nie będziesz – mamusia scało-
wała łezki z policzków Ewci. Uśmiechnęła
się dziwnie tajemniczo. – Zwłaszcza że ja
również bardzo się postaram... A co do tego
balu, to masz rację, skarbie. Głupi pomysł.
Babcia też odradzała.

– Babcia? Radziłaś się babci? Ty? – zapytała zdumiona Ewcia, ponieważ mamusia nigdy w niczym nie radziła się ani babci, ani dziadka w sprawach dotyczących jej, Ewci.

– Doszłam do wniosku, Ewciu, że nikt, tak jak babcia i dziadek, nie zna się na pięcioletnich dziewczynkach... Owszem, będzie bardzo uroczysty Dzień Dziecka, czyli twój dzień połączony z moimi imieninami. Pyszny obiad, tort, lody, ale bez gości, w rodzinnym gronie, tylko dziadkowie, my i ty. No i oczywiście mnóstwo wspaniałych niespodzianek. Zdziwisz się, Ewciu, jak wyjątkowo wspaniałych.

– Ty je wymyślałaś? – z pewnym niepokojem zapytała Ewcia.

Mamusia roześmiała się.

– Kurczę blade, coś ty! Ja nie potrafię jeszcze tak wymyślać jak babcia.

– Mamusiu! Powiedziałaś:

„kurczę blade”!

– A co? Tobie wolno, a mnie nie, kurczę blade? – mamusia zachichotała. Dokładnie takim samym chichotem jak babcia, albo dziadek. Zupełnie niepasującym do dorosłych. Jak dotąd, mamusia zawsze była okropnie dorosła! A teraz i „kurczę blade"? I ten chichot?

Więc Ewcia miała poważny problem. Bo babcia z dziadkiem od pewnego czasu zrobili się także dziwni. Ciągle puszczali do siebie „perskie oczka". Chrząkali, kaszleli, chociaż nie byli przeziębieni.

Dziadek zaraz po kisielku chrząkał, a babcia dostawała nagłego ataku kaszlu. Albo na odwrót.

– Kurczę blade, co z wami? – dopytywała Ewcia.

– Nic. Wszystko w porządku, Ewciu – mówiła babcia, puszczając do dziadka perskie oczko. – Robimy rząd i idziemy stąd! Z górki na pazurki!

– Nie chcę z górki na pazurki! Wolałabym polatać na skrzydłach mamusi.

– Są połamane. Nie nadają się do latania.

– To niech dziadek je naprawi.

– Dziadek nie ma czasu.

– Kurczę blade! – złościła się Ewcia. – A czym dziadek jest zajęty?

– To tajemnica, Ewciu. Taka wielka, wielka jak stąd do Kowalewa. Poznasz ją w swoim czasie.

– Chcę teraz!

– Teraz to maszerujemy na górkę. Albo jedziemy na safari obejrzeć hipopotamy. Albo na łączkę. Uwiję ci koronę z pachnących koniczynek. Zostaniesz królewną. A ja twoją damą do towarzystwa. O, piękna królewno, spełnię każde twoje życzenie! Na obiad usmażę naleśniki z serem podlane sosem czekoladowym!

– Myślisz, że jestem taka głupia, babciu? Od tygodnia dziadek zamyka się na strychu.

Wyciągasz mnie specjalnie z domu, żebym nie wykryła waszej tajemnicy! Gdy wracamy, nagle zaczynasz okropnie głośno mówić! Prawie krzyczeć! W ten sposób dajesz znak dziadkowi, żeby szybko opuścił strych! Nie podobają mi się wasze chrząkania, pokasływania, perskie oczka! Kurczę blade, babciu, mam w nosie wasze tajemnice! Chcę mieć naprawione skrzydła mamusi! Chcę przypiąć je sobie do ramion, wejść na górkę i pofrunąć do chmurek!

Ale babcia uparta niczym osioł wciąż i wciąż powtarzała, że skrzydła połamane, a o tajemnicy wielkiej jak stąd do Kowalewa, Ewcia dowie się później.

Dziadek również nie dał się podpuścić.

– Ewciu, ja na strychu po prostu wymieniam w podłodze spróchniałe deski.

Zapomnij o skrzydłach. Wypadło z nich wiele piór. Nie nadają się do naprawy.

Nie mówił prawdy. Ewci udało się zakraść na strych, obejrzeć skrzydła mamusi dokładnie. Nie brakowało w nich nawet jednego pióra! Wystarczyłoby je wytrzepać z kurzu, przypiąć i fruwać!

Kurczę blade! Babcia z dziadkiem muszą mieć bardzo ważny powód, skoro ją, Ewcię, oszukują!

I mamusia, która nagle mówi „kurczę blade"? Radzi się babci?

A babcia i dziadek kłamią?!

Dziwne to wszystko i niesłychanie podejrzane!

I dlaczego mamusia nie urządza swoich imienin? Zawsze na imieniny mamusi przychodziło dużo gości.

Czyżby Dzień Dziecka niespodziewanie stał się taki nadzwyczajny? Z jakiego powodu? Dzień Dziecka nigdy dotąd niczym szczególnym się nie wyróżniał. Mamusia rano całowała Ewcię, dawała w prezencie sukienkę albo kolejny domek Barbie. Tatuś też całował, z głupio uroczystą miną wręczał swój prezent: kolejnego misia albo klocki Lego. Przyjeżdżała brumcikiem babcia, pachnąc czekoladowym kremem, bo tylko babcia w tym dniu na cześć Ewci piekła tort czekoladowy, a dziadek ubierał się w garnitur.

Ewcia gubiła się w domysłach.

Na dodatek okazało się, że nie tylko musi przyjeżdżać do chrząkających i kaszlących dziadków, lecz aż do Dnia Dziecka będzie u nich nocować, bo niby w domu przeszkadzałaby w urządzaniu piętra!

Kiedy indziej Ewcia skakałaby z radości, tyle razy przecież błagała mamusię, aby pozwoliła jej zostać u babci na noc i zawsze spotykała się ze stanowczą odmową.

– No, to wszystko jasne! – pomyślała Ewcia. – Mamusia zmówiła się z dziadkami przeciwko mnie! Nie chodzi im wcale o urządzanie piętra, lecz mojego pokoiku! Wstawią tam obrzydliwe meble pod równie obrzydliwie pomalowane na różowo ściany! Pewno i firanki będą różowe! I na dodatek różowy dywanik przed tapczanikiem, zasłanym różową kapą! Jeszcze się ze mnie wyśmiewają! Puszczają do siebie perskie oczka!

– Nie cierpię was! Nie zjem ani obiadku, ani kolacji! W ogóle nie będę jadła! Umrę z głodu! Taki wam urządzę Dzień Dziecka!

– E tam – śmiała się babcia. – Dzień Dziecka za trzy dni, najwyżej troszkę schudniesz!

– Wolałbym wnuczkę okrąglutką jak pączek niż taką brzydką, jak ty w tej chwili – powiedział dziadek.

– Ja? Brzydka? – Ewcię zatkało. Zawsze wszyscy jej mówili, że jest śliczna.

– Od złości bardzo się brzydnie. Spójrz do lusterka, zobaczysz w nim czerwoną,

spoconą dziewczynkę, której nos się wydłu-
żył, a włosy potargały – zauważył dziadek,
chrząkając.

– Nie chcę być brzydka – przestraszyła
się Ewcia i mimo próśb dziadka nie pobiegła do lusterka, bo jeśli naprawdę nos się wy-
dłużył, to co wtedy z takim nosem zrobić?
Obciąć? Kurczę blade, trudno, jakoś wytrzy-
ma z dziadkami te trzy dni. A ten okropnie
zapowiadający się Dzień Dziecka? Kurczę
blade! Po prostu nic się jej wtedy nie będzie
podobać! Nawet ta tajemnica dziadków!
Pewno zresztą okropnie głupia!

W Dzień Dziecka Ewcia obudziła się zła. Postanowiła nie myć ani ząbków, ani niczego.

– Wstawaj, śpioszku! – zawołała babcia, wchodząc do pokoju. – Popatrz, co ci przyniosłam!

– Obrzydliwe obrzydlistwo – powiedziała Ewcia, nie mając zamiaru patrzeć na to, co babcia rozkładała na krzesełku obok łóżka.

– Trudno. Musisz jednak się ubrać – roześmiała się babcia i wyszła.

Ewcia zerknęła na obrzydlistwo.

– Kurczę blade! – krzyknęła, czym prędzej wyskakując spod kołdry.

Takiej sukienki jeszcze nigdy nie miała! Czy to w ogóle jest sukienka? Raczej łączka, bo jasnozieloniutka, wyszywana w kolorowe motylki i żółte kwiatki! Więc Ewcia w jednej chwili zapomniała o swoim postanowieniu, że nic jej nie będzie się podobać! Szybko pobiegła do łazienki, umyła się, wyszorowała ząbki.

– Och, babciu! Jestem łączką! – zawołała, wbiegając do kuchni. – Och, dziadku! Widzisz te motylki fruwające dokoła mnie? Nie będę miała łączki na ścianie w swoim pokoju na piętarku, ale co mi tam, jeśli sama jestem łączką!

Dziadek rozkaszlał się, a babcia dostała napadu chrząkania.

Nagle do kuchni weszła mamusia.

– Skąd wiesz, skarbie, jak wygląda twój pokoik? – zapytała, uśmiechając się tajemniczo. – Jedziemy do domu. Z babcią i dziadkiem. Mamy jeszcze dla ciebie inne niespodzianki.

Schody na piętro były obwieszone pachnącymi wiankami z koniczyn. Drzwi do pokoiku otwarte. A w nim... Ewci zaparło dech. Rozpłakała się. Bo tam, w jej pokoiku, na jednej ścianie był las, gdzie wokół każdego świerka rosły jak żywe borowiki, czerwone koźlaki, żółte maślaki... Na drugiej pluskały się srebrne rybki w niebieskiej rzeczce... Z trzeciej uśmiechało się pomarańczowe słoneczko... Czwarta była biała.

– Na tej sama sobie namalujesz obrazki. Takie, jakie będziesz chciała – powiedział tatuś.

W oknach wisiały jasnozieloniutkie firanki haftowane w rybki, w motylki i w kwiatki!

A po niebieskiej szafie mamusi pędziły białe chmurki. Zielone krzesełka wyglądały jak bukieciki dzięki pękom czerwonych różyczek... Łóżeczko przykryte złotą kapą... A na niej... O, kurczę blade... Dwie pary bielutkich skrzydeł...Więc dlatego dziadek zamykał się na strychu? Odnawiał mebelki mamusi i budował skrzydła!

– Och, dziadku! Och, babciu! Och, mamusiu! – wyszeptała Ewcia. Pogłaskała pióra skrzydeł, zastanawiając się, dlaczego dwie pary? Dla kogo te drugie?

– Dla mnie – odpowiedziała mamusia, jakby czytając w myślach Ewci. – Chodź skarbie. Przypniemy je sobie i pofruniemy pod niebo.

I poszły. Przypięły sobie skrzydła do ramion.

I uleciały jak dwa ptaki pod niebo.

I fruwały długo. Dopóty, dopóki babcia, taka z góry malutka niczym mrówka, nie zawołała, że czas na uroczysty obiad!

SPIS TREŚCI

MUSZELKA PEŁNA MARZEŃ

5

DRZEWKO PEŁNE SZCZĘŚCIA

27

TO JA POCZEKAM

55

ALE HUKNĘŁO!

79

ZAPOMNIANE SKRZYDŁA

105

SPEŁNIONE MARZENIA

135

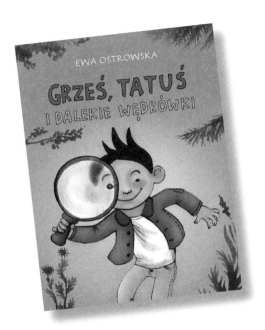

Grześ to mały odkrywca, kocha dalekie wędrówki i marzy o wielkich przygodach. Jego przewodnikiem jest tatuś, który, jak mówi mamusia, wciąż chodzi z głową w chmurach. Obaj zaopatrzeni w lupę i mikroskop, odkrywają niezwykły świat roślin i zwierząt, wyruszają na poszukiwanie przygody, która kryje się tuż obok, bo w ich pięknym, domowym ogrodzie.

Tylko co z tą mamusią, która jest zbyt praktyczna...